Das Tier und wir

Herausgegeben
von Andrea Köhler

| Hoffmann und Campe |

1. Auflage

www.hoca.de
Satz: atelier eilenberger, Leipzig
Gesetzt aus der Hoefler
Druck und Bindung: Druckerei C. H. Beck, Nördlingen
Printed in Germany
ISBN 978-3-455-40126-4

HOFFMANN
UND CAMPE

Ein Unternehmen der
GANSKE VERLAGSGRUPPE

INHALT

Einleitung

Anmerkungen zu einer unerschöpflichen Liaison

Eine Kindheit ohne Tiere sei es nicht wert, gelebt zu werden, meinte Elias Canetti, doch hat er sich nie an ein einzelnes Tier gebunden. Im Gegenteil: »Wenn es etwas Göttliches in meinem Leben gegeben hat«, schrieb er am Ende desselben, »so war es diese scheue Verehrung für Tiere.« Es gibt nicht wenige Menschen, die sich in der stummen Präsenz der Tiere glücklicher fühlen als in der ihrer Artgenossen. Die meisten von uns aber werden eine von Sentimentalität und Schuldbewusstsein nicht ganz freie Beziehung zu ihnen entwickelt haben.

Dabei vergessen wir häufig, wie stark unser Verhältnis zu Tieren auch das einer Zeitgenossenschaft ist. Wir neigen dazu, sie von der Geschichte zu suspendieren, weil ihnen eignet, was uns gänzlich fehlt: die fraglose Gegenwart. So dürfte beispielsweise das mit Ehrfurcht gemischte Entsetzen, das ich im Keller unseres Forsthauses vor dem langsam ausblutenden Wild empfand, heute schon anachronistisch sein. Der Tod der Tiere findet längst ohne uns statt, er ist in der keimfreien Umlaufbahn industrieller Massenschlachtung neutralisiert worden. Fleisch war in meiner Kindheit mit der Tiergestalt eng verschwistert und darüber hinaus ein Luxusartikel. So gab es den Braten, dessen leicht süßer Geschmack sich nie ganz von dem Blick aus blinden Reh-Augen lösen ließ, nur an den Feiertagen. Das Wild wurde in einer riesigen Tiefkühltruhe gehortet. Doch irgendwann waren die Tiere in ihrem eisigen Winterschlaf zu alt geworden. Erlegt, gehäutet und schließlich dem Gott des Geizes geopfert, wurden die eingefrorenen Tierkadaver zuletzt in den Wald zurückgebracht und dort verscharrt. Erst dann war die Nachkriegszeit endlich vorbei.

Das einsame Tier

Der Mensch ist das einsame Tier, oder besser: das Tier, das das Alleinsein freiwillig sucht und andere – darunter auch seine tierischen Hausgenossen – der Einsamkeit aussetzt. Es ist nicht ausgemacht, ob zur Einsamkeit auch das Bewusstsein derselben gehört, auf jeden Fall glauben wir dieses Wissen, das auch das Wissen um unsere Sterblichkeit einschließt, exklusiv zu besitzen. Dennoch rührt uns das konkrete Leid eines Tieres mitunter stärker an als die existenzielle Verlorenheit eines Menschen. Vielleicht, weil wir uns zu erinnern glauben, als Kinder der Ohnmacht ähnlich ausgeliefert gewesen zu sein, Gefangene eines Augenblicks ohne Ausflucht und Hoffnung, wie die Tiere im Käfig der Zeit. Dann wieder beneiden wir sie: um ihre Selbstvergessenheit und ihre Grazie, um das »Glück, sehr seelenruhig in einer Katze schnarchend« (Brigitte Kronauer). Zuletzt aber ist es vor allem die Unerreichbarkeit, die uns am Tier fasziniert. Wir können es essen, uns seine Substanz einverleiben – seine Seele, von der wir nichts wissen (weshalb wir sie ihm gerne absprechen), teilt sich uns nur in Projektionen mit.

Unsere Begleiter und unsere Verwandten, unsere Liebesobjekte und unsere Opfer, Projektionsfläche und Zeugen, sind die Tiere zugleich Epiphanien der menschlichen Einbildungskraft. In unserm Bewusstsein – und mehr noch in unserem Unbewussten – wohnt ein jedes an einem andern archaischen und symbolischen Ort. Tiere sind Statthalter unserer Gefühle, ein bis in die Träume reichendes Rätsel. Wann immer wir über sie nachdenken, steht die Frage nach ihrer Ähnlichkeit oder Fremdheit im Raum. Wir können gar nicht anders, als sie immerzu zu uns selbst in Beziehung zu setzen: Was unterscheidet uns von den Tieren, worin sind sie uns gleich? Instinkt contra Willensfreiheit? Trieb contra Intellekt? Das Bewusstsein von Zeit, sprich von Vergänglichkeit und von Zukunft, halten wir für unser göttliches oder auch teuflisches Erbe. Doch egal, wie sie darauf antworten (meistens schweigen sie), es bleibt der Fauna stets der unauflösliche Rest, der uns auf uns selber verweist. Die Tiere sind »animalisch«, und wir verachten an ihnen unsere Entsprechung. »Die Krone der Schöpfung, der Mensch, das Schwein« (Benn), bekommt die Bestie in sich nicht in den Griff. Und schiebt dem Tier die Verantwortung zu.

So zeigt sich, durch Anthropomorphismen entstellt, an Tieren zuallererst, was wir an uns selber fürchten: die Gier der Raubtiere und die Macht des Stärkeren, die List von Schlange und Fuchs. Zugleich sind wir durch sie angeschlossen an eine Bilderwelt, die weit zurück in die Tiefe der Zeiten reicht. Tiere haben den Bezug zu einem älteren Wissen. Bei jedem Gang durchs Museum erkennen wir ihre emblematische Gegenwart: das Hündchen, das den heiligen Bund der Ehe, die Schlange, die unseren ersten Verlust bezeugt. Und nicht erst seit Lavaters physiognomischen Studien ist es besonders verlockend, uns mit den tierischen Zügen zu karikieren. Lässt umgekehrt unsere Definitionsmacht die Tiere unberührt? Die heilige oder die dumme Kuh, der Hornochse oder das goldene Kalb – was nimmt das liebe Vieh von solcher Zuschreibung an? Es gibt seine Milch und sein Fleisch, seine Arbeit und seine Haut, ohne mehr entgegenzunehmen als ein bisschen Futter und Pflege. Wann, fragt man sich, rächt sich die Ausbeutung und die Ausrottung einmal an uns? Die Arche Noah der Zukunft könnte den Menschen am Ufer der Zeit vergessen. Die Tiere waren vor uns da, und längst vorstellbar ist eine Welt, in der sie wieder mit sich alleine sind.

Engel und Nixen

Die Tiere, heißt es bei John Berger, kommen aus dem Land hinter dem Horizont, und alle Mythen handeln davon, dass sie die Vermittler zwischen dem Menschen und seinem Ursprung sind. So haben Mythologie, Religion und Künste seit jeher jene Mischkreaturen hervorgebracht, die mit Flügeln, Fischschwanz und Löwenleib den Tieren das Menschliche anverwandeln und den Menschen ins Fremde entrückten. Engel und Nixen, himmlische oder heidnische Wesen, gehören einem anderen Element an. Es ist ein ebenso archaisches wie poetisches Element. Doch das Tier ist für uns nicht nur symbolisch, sondern als Gattungswesen immer auch exemplarisch; an ihm offenbart sich stets, was das einzelne Tier übersteigt. So wie wir uns selber zuallererst nach dem Geschlecht identifizieren, ist eine Katze zunächst eine Katze, ein Hund zunächst nur ein Hund. Umgekehrt ist – seit der Hund Argos die Rückkehr des Odysseus meldete – das schwanzwedelnde Lebewesen dasjenige, das unsere Identität bezeugt. »Ich bin ich, weil mein kleiner Hund mich kennt«, schrieb Gertrude Stein in ihrer bzw. »Jedermanns Autobiografie«.

Dabei ist es gerade die Fremdheit, die uns am Tier fasziniert, der unüberwindbare Graben einer eingeschränkten Verständigung, die fehlende Sprache. Denn was immer wir in den Tieren sehen und mit ihnen machen – eine Trennung scheint uns gewiss: den Tieren fehlt die sekundäre Ordnung der Schrift. Eine umso größere Rolle spielen sie in unseren Erzählungen.

Für dieses Buch baten wir Schriftstellerinnen und Schriftsteller, ihr inneres Tier, das »Tier in mir« vorzustellen. Es konnte sich dabei um ein reales, mythisches, selbst erfundenes, ein literarisches oder gemaltes Tier handeln – wichtig war nur, dass der Text eine Geschichte erzählt, die uns an einer anders gearteten Wahrnehmung misst. Es ist keine Arche Noah dabei herausgekommen, den Bremer Stadtmusikanten würde beispielsweise der Sockel, nämlich der Esel fehlen. Hund und Katze, die Vögel und die Insekten, Seepferdchen, Schlange, Kamel und Marder und manch exotisches Tier aber haben sich in dem kleinen Zoo eingefunden. »Je mehr uns von den Tieren trennt, desto kostbarer sind sie«, meinte Elias Canetti. Der Mensch und das Tier sind wie zwei

Schlafende in einem Bett: Keiner kann je den Traum des anderen wissen. Doch können sie sich im Traum begegnen.

Andrea Köhler

Martin Walser

Das Hundemögliche oder Die Entstehung der Zukunft

Nach einiger Erfahrung mit Hunden halte ich es für möglich, dass wir von Tieren so viel lernen können wie sie von uns.

Ein Tier nimmt sich nichts übel. Wenn wir es nicht dazu zwingen. Zum Beispiel: Ich kenne einen, den man ein großes Tier nennt, bei dem ist das auch so. Der nimmt sich nichts übel. Aber da er ein großes Tier ist, wagt niemand, ihn zu zwingen, sich etwas übel zu nehmen.

Bei echten Tieren sind meine Erfahrungen begrenzt, beschränkt auf drei Exemplare aus zwei Rassen. Aber dass ich die Hunde, mit denen wir gelebt haben und leben, Exemplare nenne, ist unverzeihlich. Aber wie hätte ich sie nennen können? Individuen? Das würde jeder als übereilige Vermenschlichung zurückweisen. Aber Exemplare ist unmöglich. Ich nehme es zurück. Die drei Vertreter des ... schon wieder kein Wort. Des Hündischen? Unmöglich. Ah, jetzt hab ich's: des Hundischen. Ja, das geht.

Wir haben natürlich viel mehr als drei Hunde gehabt. Aber augenöffnende Erfahrungen verdanke ich eben diesen dreien. Der eine, ein Mischling aus Schäfer und Collie, würde eine Extraschilderung verdienen. Er wurde einjährig als Timo von einer Tochter aus einem Asyl geholt, gerettet, und weil wir keine Hundenamen mögen, hieß er dann Timon bei uns. Von seinem Asyljahr zuinnerst verletzt, lebte er ein stolz verschlossenes Leben. Er vermittelte uns immer: Ich weiß über euch mehr als ihr über mich. An Zuwendung unsererseits hat es nicht gefehlt. Immer wenn er niesen musste, habe ich Gesundheit gesagt. Timon, in der Antike zuhaus, wusste natürlich von Horaz, dass Niesen als Zustimmung galt. Eigentlich rechne ich damit, dass irgendwann ein Buch erscheint, in dem Timon alles mitteilt, was er bei uns und mit uns erlebt hat. Geh ich dann zum Anwalt, beantrage eine einstweilige Verfügung und lasse Stellen schwärzen? Nein, überhaupt nicht. Ich sehe dem Erscheinen des Timon-Buches mit Neugier entgegen. Dann werde ich endlich erfahren, wie ich wirke und wer ich eigentlich bin.

Zwei Vertreter des Hundischen

Die anderen zwei Vertreter des Hundischen gehörten derselben Ethnie an: Appenzeller. Der erste hieß Robi, dem großen Dichter Robert zuliebe, den ich mir auf seinen berühmten Berggängen von der heftigen Aufmerksamkeit dieser Ethnie förmlich umschwärmt vorstelle. Robi war sein ganzes Leben lang (16 Jahre) ein Lyriker. Hunde drücken, was sie sind, zuerst durch Bewegungen aus. Robi sprang also. Fast aus dem Stand sprang er romanische Bögen, bis zur Höhe von eins fünfzig. Und er sprang nicht nur einen Bogen und ruhte dann, er sprang vier, fünf, sechs, sieben Einsfünfzigbögen nacheinander. Der Einsachtzigmensch müsste, um Vergleichbares zu vollbringen, aus dem Stand mindestens Dreimetersechzigbögen springen können.

Aus nichts als lyrischer Lust sprang Robi seine Bögen. Immer nach dem letzten Bogen schaute er zu uns her, weil er wusste, dass wir seine Sprünge bewunderten. Dann lachte er. Lachte über das ganze Gesicht. Das heißt, er entblößte seine prächtigen Zähne bis weit ins rosige Mundinnere hinein, und dazu schnaubte er. Sein Schnauben war ein zutiefst freudiger Laut. Robi war nicht eitel, aber es freute ihn, wenn wir uns über ihn freuten. Darum transportierte er im Haus sein Bett immer dahin, wo wir, der Tageszeit entsprechend, Platz nahmen. Vom Ess- ins Wohnzimmer trug er, schleifte er sein Bett und placierte es da, wo er es am liebsten hatte. Dann wurde er, als er eine Hündin, die vier Kinder von ihm hatte, besuchen wollte, auf der Dorfstraße überfahren. Sein Becken war zertrümmert. Dr. Kasá, der ungarische Chirurg in Lörrach, rettete sein Leben, aber die romanischen Bögen konnte Robi nicht mehr springen. Schleppen musste er den linken hinteren Fuß im für ihn genähten ledernen Schuh. Ich habe ihn dann Jahre später unter den Eichen neben Timon beerdigt.

Von Timon und Robi berichte ich aber nur einleitungshaft, um über Bruno, den zweiten Appenzeller, berichten zu können. Das heißt, ich will mir durch die Anmerkungen zu Timon und Bruno eine Art Glaubwürdigkeit im Hundischen erschreiben. Die Erfahrung mit Bruno führt über manche Hundebücher-Routine hinaus. Bruno stammt aus demselben Haus wie Robi, es geht da über Rorschach hinauf und über Heiden hinaus. Und Bruno war sofort und ist immer noch ein Dramatiker. Die Appenzeller-Erscheinung vertritt er perfekt, weiße Brust, schwarzweißer Kopf und das genau placierte Ockerorange, zum Beispiel in den gründgenshaft steilen Brauen und an den Füßen, bevor die dann in Weiß enden; nicht zu vergessen die Schwalbe, die jedem Appenzeller zartweiß im Nacken fliegt. Aber was Bruno einzigartig, aber nicht monströs, sondern zukunfthaltig macht, das ist wieder seine Bewegungserfindung.

Er fällt etwas größer aus als der lyrische Bogenspringer Robi. Vor allem seine Pfoten, die ich nur ungern so nenne, sind überaus entwickelt. Eigentlich für die Gesamtstatur ein bisschen zu groß. Aber das führt eben zu den Bewegungen, die Bruno erwähnenswert machen. Von Anfang an hatte er eine mehr als stürmische Art der Begrüßung praktiziert. Auch Leute, die zum ersten Mal ins Haus kommen, werden von ihm so stürmisch angesprungen, können sich also dieser nach Umarmung trachtenden Bewegung kaum entziehen. Ich übergehe die daraus resultierenden Peinlichkeiten. Erstens gibt es Garderoben, die unter Brunos Tatzen und Krallen – um einmal ganz im Tierischen zu bleiben – zu leiden haben, zweitens gibt es Menschen, die für stürmische Hundezudringlichkeit keinen Sinn haben.

Es gibt offenbar Leute, die bringen es Hunden gegenüber sogar zu Angst. Aber auch Hundekompatible stoßen, wenn Bruno sie anspringt, Laute aus, die ich nicht Freudenschreie nennen kann. Ich darf seine Heftigkeit wenigstens ambivalent nennen. Dann wäre, dann ist Bruno ein Meister der Ambivalenz. Er begrüßt jeden Eintretenden, als habe er vierzig Tage in der Wüste auf den gewartet. Jeder, den er so anrennt, kann in dieser Belästigung eine sensationelle Herzlichkeit entdecken. Jeder – und dazu neigt ja jeder –, jeder sieht, dass er, einzig und allein er gemeint ist mit diesem Herzlichkeitsfurioso. So begrüßt dieser Hund nur ihn, ihn, ihn. Das lässt manchen Eintretenden die unangenehme Zudringlichkeit dann doch leichter ertragen. Und ich darf in Brunos rabiatem Begrüßungszeremoniell ausgedrückt sehen, wie unwillkommen jeder Eintretende doch ist, auch wenn er nichts als willkommen ist. Es gibt noch einen Maßstab fürs Willkommensein: Je ruhiger einer auf Brunos Verve reagiert, desto willkommener ist er. In dieser Ruhe drückt sich Nähe aus. Ein Dazugehören.

Im schönsten Aufgerichtetsein

Das alles leistet Bruno ganz nebenbei mit seinem Übungsprogramm. Und dieses Übungsprogramm findet dann seine Anwendung mir gegenüber. Wenn ich zurückkomme, egal ob nach einer Stunde oder nach vierzehn Tagen, dann nimmt er Anlauf und springt mich an mit immer demselben Ziel: Er will seine Vorderpfoten (die ich zum letzten Mal so nenne) mir auf die Schultern legen. Jeder, der die ja äußerstens halbhohe Appenzeller-Ethnie kennt, weiß, dass ein Hund, der einem Einsachtzigmenschen seine Begrüßungsgliedmaßen auf die Schultern legen will, dass der sich schon übermäßig aufrichten muss. Und das tut Bruno, wenn ich zurückkomme. Er steht dann auf seinen zwei Hinterbeinen, und er steht aufrecht, und er bietet mir sein Gesicht an zu jedweder Begrüßungsbekundung meinerseits. Wenn ich ihm den Kopf, das Gesicht auch nur ein bisschen nähere, leckt er mir entgegen, und wir zärteln dann auf eine Weise, die nur möglich ist, weil er jetzt so groß ist wie ich. Und ich sehe in seinen schillerheldenhaft lodernden Freiheitsaugen, wie er diesen Augenblick der reinen Aufgerichtetheit genießt und dass er von mir erwartet, dass ich ihn auch genieße.

Und er erwartet auch, dass ich jetzt einen Schritt zurücktrete und er dann so aufrecht stehen bleibt. Aber so weit sind wir noch nicht. Aber so weit werden wir kommen. Bruno ist gerade mal fünf, also da ist noch viel, vielleicht sogar alles drin. Und das Zukunfthaltige in seinem Bewegungsvermögen wird noch deutlicher beim Abschied. Dass ein Hund – irgendwann muss auch dieses Wort weg –, dass ein solches Tier – ja, Tier, das ist ein unendlich reiches, schönes, unerschöpfbares Wort –, dass ein solches Tier die Begrüßungsgesten bis zum schönsten Aufgerichtetsein entwickelt, ist eine zu Herzen gehende, aber durchaus auch eine erwartungsgemäße Zugewandtheit. Der sogenannte Vierbeiner spürt instinktiv, dass er nicht ewig darauf warten will, bis dieser Zweibeiner sich zu ihm herunterbiegt, nein, da lässt sich doch proben, ob man sich nicht auf Augenhöhe begegnen kann!

Also jetzt, weiter, Bruno! Nachdem er die Zweibeinigkeit in der Begrüßung erreicht hat, will er sie auch beim Abschied praktizieren. Eine Einschränkung noch. Das Aufrichten rutscht ihm noch weg, wenn es auf zu glattem Boden stattfindet. Wir richten es jetzt beide so ein, dass wir einander weder auf Marmor noch auf Parkett begrüßen. Jetzt noch.

Irgendwann einmal wird er auf keinem Boden mehr wegrutschen. Das sehe ich am Fortschritt seiner Abschiedsgestik.

Natürlich landet er auch da zuerst mit seinen vorderen Gliedmaßen auf meinen Schultern. Aber wenn ich dann endlich doch gehen muss, einfach weil ein weiterer unwichtiger Termin seinen Terror ausübt, dann fällt Bruno nicht einfach vornüber und zurück ins Vierbeinige. Ich nehme nämlich zum Abschied seine Gliedmaßen in die Hände, dazu überkreuze ich meine Hände, seine Linke nehm ich mit meiner Rechten und seine Rechte mit meiner Linken, so stehen wir einander gegenüber, beide gleich bewegt, dann werfe ich ihm seine Gliedmaßen sozusagen zu, und dann kommt, was überhaupt nicht zu erwarten war, also das schlechthin Zukunfthaltige: Dann steht Bruno länger als einen Augenblick. Und kein Mensch, der ihn sieht, wird ihn mit der dressierten Dämlichkeit eines Zirkuspudels zusammenbringen. Er steht dann so, als habe er diese Aufgerichtetheit an Denkmälern des 19. Jahrhunderts studiert, also an der Aufgerichtetheit Bismarcks, Humboldts oder Schillers. Und er steht so, als wolle er mir folgen, ohne dazu von der früheren Vierbeinigkeit Gebrauch zu machen. Das heißt: Bruno ist drauf und dran, den aufrechten Gang zu probieren.

Was mich dann am meisten bewegt: Er ist nicht nur stolz oder glücklich, weil er es so weit gebracht hat, er findet diese Eröffnung des aufrechten Gangs auch lustig. Er lacht nämlich in diesem Augenblick, wie nur sein lyrischer Vorgänger Robi gelacht hat. Robi nach den lyrisch-romanischen Einmeterfünfzigsprüngen, Bruno, wenn er sich an der Schwelle zur Epoche des aufrechten Gangs erlebt! Ich klatsche nicht, ich gratuliere nicht, ich zeige nur, dass auch ich in diesem Augenblick glücklich bin.

Allerdings gelingt es mir nicht in jedem Augenblick, die Ahnungen zu verscheuchen, in denen die Wirklichkeit ihr wahres Gesicht zeigt. Der lyrische Springer Nijinski Robi blieb mit zerschmettertem Becken auf der Dorfstraße liegen. Statt Springen dann nur noch Sichschleppen. Was wird sich die Wirklichkeit einfallen lassen, um den ins Aufrechte strebenden Bruno zu fällen? Noch lacht Bruno alle Ahnungen weg. Und ich glaube ihm. Und an ihn. Und ich drehe mich um und gehe, bevor er sich wieder vornüberfallen lässt. Ich will, wenn ich unterwegs an Bruno denke, an diesen aufgerichteten Kerl denken. Er ist, das gehört der Vollständigkeit halber noch dazu, ein männliches Tier. Aber das sagt ja schon sein Name: Bruno.

PANY.

Brigitte Kronauer

Marder und Kaninchen

Dass in der floralen und faunischen Natur perfekt mit Tricks und Täuschungen gearbeitet wird, ist mir lange bekannt. Über die Tücke des Steinmarders weiß ich erst seit kurzem durch einen dreiminütigen Tierfilm-Ausschnitt im Fernsehen Bescheid und kann mich zu meiner eigenen Verwunderung über die dort gezeigte Hinterhältigkeit gar nicht beruhigen, offen gestanden: auf höchst angenehme Weise noch immer nicht beruhigen.

Der Marder also, viel kleiner und vor allem nicht so schnell wie seine von ihm ins Auge gefasste langohrige Beute, greift zu einer für Kaninchen offenbar unwiderstehlichen List, die er benötigt, um die Distanz zu seinem Opfer, das aufmerksam und flink ist, zu überbrücken: Er tanzt! Vielmehr: geniert sich nicht, vor seinem Publikum, dem in der Ferne staunenden, den Affen zu machen. Das heißt, dass er die albernsten Figuren wirft, gewissermaßen Rad schlägt und auf den Händen geht, dabei umfällt, wie närrisch geworden Kopfsprünge rückwärts versucht, in Erdlöcher hineinschießt und heraus, sich auf den Rücken wirft und die weiße Bauchseite zeigt, wie ohnmächtig geworden oder betrunken oder eingeschlafen, dann wieder in hektischer Revue, als wollte er anschließend mit dem Klingelbeutel rumgehen und für die Darbietung kassieren, bevor sich die Zuschauer zerstreuen.

Und die Kaninchen? Die Kaninchen heben, wie angewurzelt, zunächst ungläubig, erstaunt die Braue. Doch, er interessiert sie, der charmant Verrückte. Sie beobachten ihn in Würde aus der Ferne und zucken mit den empfindlichen Nasen. Von dem verspielten Taugenichts ist keine Gefahr zu erwittern. Auch ist der Abstand zu ihm ja groß. Der Zirkus, den das wendige Kerlchen aus reiner Lust und Laune, aus Übermut und für nichts und wieder nichts veranstaltet, fasziniert sie zusehends: Ein Unikum? Ein neuer, sich haltlos andienender Kumpel zum Spielen?

Allerdings wird er kleiner, der Abstand.

Die akrobatische Ausgelassenheit ist die Arbeit eines Profis, ist todbringende Zielgerichtetheit, die sich jedoch keinesfalls verraten darf, sonst wäre der böse Schabernack umsonst, und die Kaninchen ergriffen das Hasenpanier. Bis zum Schluss muss die ganze Performance als Parade eines scherzenden Unschuldslammes für Lammfromme erscheinen, und dabei ist das ungestörte Andauern der Trance jener inzwischen hingerissenen, vom Spektakel wie betäubten Adressaten auch bei schrägsten Sprüngen ständig zu überwachen.

Wie ich mich in ihn hineinversetzen kann, in den schuftenden Possenreißer und Jäger, der zehnzentimeterweise die Entfernung verringert, um endlich kalten Blutes sein dösiges Wild im Nacken zu packen.

Wie ich plötzlich durchschaue, dass ich selbst, ganz gebannte Beute, mich nicht wegrühren kann vor den teuflischen Purzelbäumen, gefesselt auf dem Niveau der Kaninchen, die reinen Herzens betört sind.

Es sind ja aber nicht allein die Späße, die mich entzücken, sondern die Schläue des wirbelnden Heuchlers ist es erst recht, und mein Herz klopft ein bisschen schneller für ihn, ob er es schafft, dicht genug an sie heranzukommen, und es klopft zur anderen Hälfte oder abwechselnd für uns, die Hochgefährdeten und Gutgläubigen, die immer noch bedenkenlos bestrickt Witternden. Klopft für den Jäger, der erfolgreich ist, weil er sich die Verführbarkeit seiner Beute so gut vorstellen kann, klopft für die fatal umworbenen Kaninchen, die vor einem archaischen Bezirzungsritual lustvoll, aber sehr riskant die Waffen strecken.

Was sehe ich hier außerhalb meiner Person auf dem Bildschirm an? Was wird mir, als wäre es eine Geschichte aus dem Tierreich, schlagend vor Augen geführt in Gestalt einer unterhaltsam eingekleideten Röntgenaufnahme? Dass ich Trieb und Antrieb für das eine wie das andere besitze und ich, Kronauer, die eventuell fintenreich Steinmarderartige, mit nüchterner Gier mich, Brigitte, das Kaninchen, verfolge, während dieses, das Kaninchen, um die Boshaftigkeit von jener, Kronauer, inzwischen wissend, ihr umso williger erliegt? Und eines am anderen sich steigert, andächtige Benommenheit an jagender Intelligenz oder wenigstens Schläue und diese wütend an jener, wie das Natürliche der Natur ja überhaupt Verzahnung der Gegensätze ist in pragmatischer Verzauberung?

Thomas Hettche

Manchmal, nicht oft, plötzlich

Der Pferch neben dem Haus war nicht sehr groß, und an seinem Ende stand ein Pferdeanhänger, dessen Luke herabgeklappt und ebenso mit Stroh belegt war wie das Innere des Wagens selbst. Manchmal, bei Regen oder wenn der Wind nachts besonders kalt wurde, hörte ich, wie der Mustang langsam dort hinauftrottete, doch nie für sehr lange. Zumeist stand er zwischen dem Anhänger und einem vertrockneten Baum, drei Meter hoch und ehemals mit einer dichten Krone, nun aber völlig entrindet, der seine weißen Äste fingrig in den schwarzen Nachthimmel krampfte. Unter diesem Baum, der vor nichts schützte, hatte der Mustang meist seinen Platz, und dort konnte ich ihn von dem kleinen Fenster am Bett des Wohnwagens aus beobachten. Was ich oft tat. So lange, bis er vor zur Straße trottete, zum Gatter des Korrals, das wie der Zaun aus Metallelementen bestand, T-Eisen von jeweils ungefähr drei Metern Länge, an einbetonierten Rohren und aneinander mit Draht befestigt. Irgendjemand hatte das Metall vor langer Zeit einmal farbig gestrichen, die Streben waren abwechselnd rot, gelb und blau, und obwohl die Farbe längst abgeblättert war und der Rost den Rest verschlang, erinnerte mich der Zaun doch an eine bunte Kirmesstellage meiner Kindheit, an die Einfassung eines alten Autoscooters oder einer Geisterbahn.

Man hatte die Vollblüter der englischen Siedler mit Indianer-Ponys gekreuzt, die sich wiederum aus Arabern und Berbern entwickelt hatten, den Tieren der spanischen Konquistadoren. Das Ergebnis war ein Pferd von großer Sprintstärke, kein Mustang, ein Quarter-Horse, ideal für die amerikanischen Pferderennen, die man, da es keine richtigen Rennstrecken gab, erzwungenermaßen auf den Hauptstraßen der Orte austrug, woraus sich schließlich die Standarddistanz der Viertelmeile entwickelte.

Es war nicht zu groß, kurz und kompakt, und mit einer überaus kräftigen Schulter und Hinterhand, gut für die Arbeit auf einer Ranch. Sein Fell war von einem tiefen, satten Braun. Es hatte einen schwarzen Schweif und schwarze Fesseln, und auch seine Nüstern waren schwarz, doch schimmerte die weiche, immer feuchte Haut etwas grünlich und hatte jene kleinen hellen Flecken, wie sie auch Hunde an den Lefzen haben. Wenn ich am Gatter stand und dem Pferd eine Möhre hinhielt oder einen Salatkopf, öffneten sich die Nüstern erst weit wie kleine Rüssel, die nach allen Seiten witterten, bevor das Pferd dann bleckte und mit seiner tastenden Unterlippe die Möhre zwischen die langen, an den Hälsen schwarzen Zähne zog.

Es war eine Stute, ein wunderschönes Tier, klein und muskulös und völlig ohne die überdehnte Eleganz eines Vollbluts. Die wie ein alter Autobug gewölbte Stirn mit den großen, seitlich stehenden Augen schien auf den ersten Blick robust und genügsam, und die prall hervorquellenden, in gezackten Verläufen dicht unter der Haut mäandernden Blutgefäße zeigten die ganze Kraft des Tieres. Ich hatte mir das breite Muskelbett der Hinterläufe eines Pferdes noch nie so genau angesehen, wie wenn es im Korral hin und her schritt und ich mir vorstellte, welchen Antritt und welche Ausdauer diese Muskeln auf die so schmalen Fesseln zu bringen imstande waren. Vor allem die zögernden, tänzelnden Hufe ließen mich die Zeit vergessen und stundenlang dabei zusehen, mit welch übergroßer Vorsicht die Stute noch jeden Schritt auf den doch völlig ebenen und ewig gewohnten sandigen Boden setzte. Und manchmal nickte sie dabei mit dem Kopf, als stimme sie einem unsichtbaren Gesprächspartner zu.

Überhaupt hatte ich, während ich auf dem Bett lag und sie beobachtete, oft das Gefühl, in ein fremdes, unsichtbares Reich zu schauen, von dem gerade nur dieses Tier für mich sichtbar war. Wie es dastand, beispielsweise, verstand ich nie. Wie ausgestopft, so völlig regungslos, und den Kopf nicht etwa entspannt, sondern in einer Haltung gestreckter Starre, die Beine exakt parallel, und nur der lange Schweif wischte abwechselnd nach links und rechts und wieder nach links. Obwohl da oft überhaupt keine Fliegen waren. Und gerade, wenn ich wieder nicht wusste, ob ich einen Ausdruck von Gelassenheit sah oder den unerträglichen Stumpfsinns, nickte die Stute, drei-, viermal zumeist, und dann erstarrte sie wieder. Nur, dass sie einen Hinterhuf, einen Moment lang, anwinkelte. Am meisten aber mochte ich, wenn sie sich im Staub wälzte. Sie legte sich nicht oft am Tag hin, ein halbes Dutzend Mal vielleicht, und dann auch nur für wenige Minuten. Zuerst beugte sie abwechselnd die beiden Vorderläufe, als müsse sie erproben, wie das Hinlegen gehe, dann beugte sie die Hinterläufe, und dann ließ sie sich zögernd erst vorn auf die Knie und dann hinten herab.

Zumeist blieb sie in dieser sitzenden Haltung, nur für Minuten lag sie ganz auf der Seite, so, dass der lange Hals ganz entspannt war und der Kopf ruhig auf dem Boden. Dann erst sah man, wie massig dieser Leib war, alle Eleganz mit einem Mal verschwunden und dieses Pferd, wie jede Kuh, auch nur ein Grasfresser. Doch bald schon richtete es sich wieder auf, um Schwung zu holen und sich ganz auf den Rücken zu werfen, die Hufe, leicht angewinkelt, nach oben gestreckt wie ein Spielzeugtier. Mehrmals rollte es mit Schwung von einer auf die andere Seite und rieb dabei seinen Rücken im Staub. Wenn es sich danach, unter großer Anstrengung, wieder auf die Hufe gewuchtet hatte, schüttelte es sich ausgiebig, schüttelte den ganzen Körper, als gelte es nicht nur, den Staub loszuwerden, sondern auch die in der ungewohnten Haltung verschobenen inneren Organe wieder an die rechte Stelle zu rücken. Dabei machte es sich ganz steif, streckte den Hals so weit, wie es ging, nach unten, bleckte die Zähne und schnaubte. Pferde schienen mir glücklicher als Menschen zu sein.

Es wunderte mich, wie viel Zeit das Pferd mit Fressen verbrachte. Fast immer stand es an dem Ballen Heu, den man ihm über das Gatter warf, und zermalmte die Halme. Und auch in der Nacht, wenn die Pfiffe der zwei Lokomotiven des Güterzuges mich gegen zwei Uhr weckten, während seine fünfzig Containerwagen mit dumpfem Rumpeln langsam den Ort durchquerten, hörte ich schließlich, wenn der Zug als geisterhaft leuchtendes Band in der Prärie verschwunden und alles wieder still war, als Erstes das mahlende Geräusch der Pferdekiefer.

Manchmal stellte die Stute sich mit dem Kopf an eine Ecke des Hängers, so, als ob sie einmal die Augen verbergen wolle. Dann vielleicht, wenn wir das Gesicht in die offenen Hände legen. Sonst immer: der offene Blick der riesigen Augenkuppeln, die glänzten, als könne man die Schlieren der Tränenflüssigkeit darauf sehen wie auf Seifenblasen die schwerelose Bewegung der regenbogenbunten Lauge. Und noch im Einschlafen stellte ich mir den lässigen, etwas schleppenden Gang der Stute vor, bei dem die Bewegung Schritt für Schritt aus dem gesenkten, wippenden Kopf in den Körper zu fließen scheint, mit der großen Gleichgültigkeit des Kopfes unter der Mähne und mit diesem leeren, lidgesenkten Blick.

Und wie das Pferd manchmal, nicht oft, plötzlich aus dem Stand zum Galopp ansetzte, kaum mehr als eine polternde Schrittfolge war in dem engen Pferch möglich, schon musste es am Gatter wieder abbremsen und fiel in einen Trab, der so schnell war, wie die Enge es eben zuließ, für zwei Runden oder drei, blieb mit einem Mal dann wie erstarrt stehen, als warte es nun auf das Ergebnis seines Kraftausbruches. Und seltsam: Wenn ich ihm dabei zusah und die Starre dieser Erwartung spürte, dachte ich selbst manchmal, jetzt werde irgendetwas geschehen.

Norbert Hummelt

Genosse Zimmervogel

Kaum war das Handtuch übers Gitter gelegt, schien der Vogel schon eingeschlafen zu sein. Ein Ritual, das sich allabendlich wiederholte, um morgens durch den gegenläufigen Prozess aufgehoben zu werden: Kaum war das Handtuch vom Gitter gezogen, schlug der Vogel die Augen auf, drehte seinen Kopf, regte die Flügel, die auszubreiten die Enge des Käfigs nicht erlaubte, und begann auf der Stange hin und her zu rutschen in der Erwartung, dass nun bald die Lade unter ihm aufgezogen und frisches Wasser und Körnerfutter in seine Schälchen nachgefüllt und ein grünes Salatblatt oder ein Möhrenschnitz ihm auf Höhe seiner bevorzugten Sitzstange zwischen die Gitterstäbe gesteckt werden würde. Ein Leben in sorgsam behüteter Gefangenschaft, das in der Einförmigkeit seiner Abläufe automatisierte Züge angenommen hatte.

Nicht selbst an pflegerischen Handlungen beteiligt, nahm ich als ihr beständiger Zeuge rein schauend und aus nächster Nähe Anteil am Dasein bestimmter Vertreter jener von Gott ursprünglich für die Luft gedachten Kreaturen, von denen es in der Bibel heißt: »Sehet die Vögel unter dem Himmel, sie säen nicht, sie ernten nicht, und unser himmlischer Vater ernährt sie doch«, dabei die Parallelen zu meiner eigenen Existenz als Kind wenn auch noch nicht bedenkend, so doch merklich fühlend. Auch ich säte und erntete ja nicht, aber für meine Ernährung war selbst dann noch gesorgt, als mein irdischer Vater sich schon im Himmel befand, als dessen hiesige Entsprechung ich für mich selbst die heimischen Wände, im Blick auf den Genossen Zimmervogel aber das nächtlich ausgebreitete Handtuch begreifen konnte. An das Ausbreiten von Schwingen war bei alldem weniger gedacht. Wohl jedoch an Gesang. Wie es eigentlich zu deuten ist, dass Vögel in Gefangenschaft derart jubilieren können, dafür halten Ornithologen gewiss eine plausible Erklärung bereit. Mir selbst aber will es einfach als ein Glück und eine Gnade scheinen, dass einem Eingeschlossenen das Singen nicht vergeht.

Erziehung zur Melancholie

Heimische Wände in verschiedenen Häusern. Das Gefühl seelischer Verwandtschaft mit dem Vogel im Käfig verbinde ich insbesondere mit der Wohnung meiner Großmutter, in die mich meine betrübte

Mutter, die aus klinischer Sicht wohl an einer postnatalen Depression litt (der Begriff wird ihr selbst in der ersten Hälfte der sechziger Jahre nicht geläufig gewesen sein), in meiner frühesten Zeit oft mitnahm, wie mir hernach erzählt worden ist. Da war ich abgestellt, und da gingen die Stimmen der anderen über mich hinweg. So kam es mir noch Jahre später vor, wenn ich, eingehüllt in die Stimmen der Erwachsenen, still am Küchentisch saß und Landkarten zeichnete oder, schon erwachsen, aber doch stärker ins innere als ins äußere Gespräch eingebunden, das Gleichzeitige von Einsamkeit und Zugehörigkeit spürte. Da gab es zu allen Zeiten einen Kanarienvogel, der niemals frei fliegen durfte und der stets den Namen Hansi trug und im nicht zu seltenen Fall seines Ablebens, sofern es auf einen Werktag traf, noch bis zum Abend durch einen wiederum Hansi getauften Artgenossen ersetzt wurde, so dass dieser Hansi, bei wechselnder Tönung des Gefieders, im Gebrauch der Menschen doch stets nur ein und derselbe war.

Es mag an der anheimelnden Enge jener Wohnung gelegen haben, in der die Gardinen, besagtem Handtuch gleich, so dicht vor dem Fenster zur Straße hingen, dass ein wenig Tageslicht hineinfiel, der Blick hinaus jedoch so gut wie ausgeschlossen war, dass ich nicht anders konnte, als diese zur Melancholie erziehende Behausung im Ganzen als Käfig zu verstehen. In dem ich mich zugleich geborgen und verloren fühlte und alles, was sich in mir hin und her bewegen ließ, irgendwann einmal zu Gesang werden musste.

der letzte sittich
die linien des lebens sind verschieden
wie eine möhre ist u.
des salatblatts ränder, je nachdem
wie ich mein schauen durch
die stäbe änder ich kann mein trillkorn still
im schnabel rollen
so lange bis die letzte mauser ist
wer wird mir luftgeschöpf dann
klares wasser bringen
ich kann mein schwanenlied nicht
gut alleine singen. ich bin
das selige, ich bin das stumpfe
tier. das widerspiegeln
liegt schon so weit hinter mir

Es ist hier vielleicht an der Zeit, das Handtuch von einem Geheimnis zu lüften. Urbild des hier wie auch in anderen meiner Gedichte als Sittich apostrophierten Tieres ist nämlich – ein Kanarienvogel. Eine Gattung, deren Name für den handlichen Gebrauch zwischen den Gitterstäben des metrisch organisierten Gedichts leider zu viele Silben aufweist und der außerdem nicht den Vorzug hat, in sich ein »ich« zu verbergen, wie es beim Sittich allerdings der Fall ist. Ob der späte, psychisch kranke Hölderlin, dem im Tübinger Turm die »Linien des Lebens« so verschieden erschienen, »wie Wege sind, und wie der Berge Gränzen«, sich mit einem Vogel verglich und sein halbrundes, ganz zum Schauen auf den Neckar geschaffenes Zimmer mit einem Käfig, ist nicht überliefert; Grund genug dazu hätte er gehabt.

Seelenvögel

Wer Gedichte schreibt, beherbergt immer ein fremdes, nie ganz zu fassendes Tier in sich, das gewöhnlich als lyrisches Ich bezeichnet wird und dessen artbestimmender Singtrieb kein anderes Bild so nahe wie das des Vogels legt. Dem »Lexikon der Symbole« gemäß gelten Vögel von alters her als Verkörperungen des Immateriellen und namentlich der menschlichen Seele, wegen ihres Fluges sind sie zudem als Mittler zwischen Himmel und Erde zu verstehen. Da, wo ein Vogel am Flug gehindert wird, so mag man ergänzen, weist er wohl umso dringlicher auf ihn als Fehlendes hin. Im Taoismus stellte man sich die Unsterblichen in Gestalt von Vögeln vor. In den Upanischaden der indischen Mythologie wird zwischen zwei Seelenvögeln unterschieden: einem, der von den Früchten des Weltenbaumes frisst, als Symbol der aktiven Individualseele, und einem Vogel, der nicht frisst, sondern nur schaut, als Symbol des absoluten Geistes und der reinen Erkenntnis.

Mein innerer Sittich scheint Schauen und Fressen gut miteinander verbinden zu können. Längst aber streifen auch andere Vögel meinen Blick; gelegentlich reißen sie sogar an ihm, wie die Mauersegler, die sommers in die Städte einfallen, nirgends Platz nehmen können und in ihrer aufreizenden Unrast frei und gesellig sind.

mauersegler
so schrill ihr rufen so reißend ihr flug so
sichelförmig die verrußten flügel fremd
in der stadt wo ich nicht lange bin darf
ich wie sie nie ganz den grund berühren u.
stoße mich nur von den weißen mauern
aus einem traum gerissen u. verfolgt von
ihnen u. meine augenlider sind wie weg-
geschnitten an einem julimorgen derart
heiß u. hell als ich noch reglos in den laken
klebe so unter schreien sicheln sie dahin

Hans-Ulrich Treichel

Gottesanbeterin

Hunde und Katzen mag ich natürlich am liebsten. Und unter Ersteren wiederum war mir der liebste der Hund meiner Kindheit, ein schwarzer Mischling, der immer Zeit für mich hatte und der sich alle meine Sorgen anhörte. Eine Katze hatte ich früher nicht, aber Katzen neigen auch nicht dazu, sich die Sorgen des Menschen anzuhören. Allerdings habe ich jetzt eine Katze, sozusagen das Tier meiner mittleren Jahre, in denen ich mich hoffentlich noch befinde. Auch sie neigt nicht dazu, sich länger als unbedingt nötig mit meinen Angelegenheiten zu befassen. Dafür ist sie durch und durch grau, fängt mangels Mäusen vorzugsweise Fliegen und ist schon aus rein orthopädischer Sicht ein anbetungswürdiges Wesen.

Auch Spatzen und Singvögel sind mir sympathisch, was nicht weiter erwähnenswert wäre, würde mich nicht die Tatsache befremden, dass ich seit einiger Zeit angesichts eines Spatzen oder eines Singvogels nicht nur Sympathie empfinde, sondern eine geradezu bis ins Mark gehende Rührung. Früher und noch bis vor einigen Jahren blieb ich vollkommen ungerührt. Bis dahin habe ich mich vor allem für das Kino und die Oper interessiert. Jetzt greift mit Macht das Kreatürliche nach mir. Sollten sich die mittleren Jahre etwa schon dem Ende zuneigen?

Rabenvögel rühren mich allerdings nicht. Sie sind auch nicht kindlich und eiförmig, wie es kleine Singvögel sind, sondern uralt. Mir hat einmal jemand erzählt, dass eine Krähe bis zu achtzig Jahre alt wird, was ich ziemlich beunruhigend fand. So viele alte Tiere um einen herum. Das Missverständnis hat sich aufgeklärt, doch kommen mir die Rabenvögel noch immer sehr alt vor.

Für Insekten habe ich mich lange Zeit gar nicht interessiert. Ich habe auch nie wie die anderen Kinder den Käferfreund einschließlich Ätherfläschchen, Stecknadeln und Schmetterlingsnetz besessen oder Bücher mit dem Titel »Was krabbelt denn da?« geschenkt bekommen. Obwohl mich so ein Ätherfläschchen schon interessiert hätte.

Den Insekten verdanke ich also nicht allzu viel. Keine besondere Freude und keinen besonderen Schrecken und irgendeine Rührung schon gar nicht. Von einer Ausnahme abgesehen – dem Gesang der Zikaden. Den kannte ich seit meinen ersten Reisen nach Italien, wobei ich mir lange Zeit gar nicht wirklich klargemacht hatte, dass dieser den ganzen Mittelmeerraum in Vibrationen versetzende Klang von

Insekten stammte. Was dort in der römischen Campagna, auf toskanischen Hügeln und in sizilianischen Pinienwäldchen summte, sägte und vibrierte, das war für mich das Summen des Südens als solches. Eine Musik, der ich ohne Ende zuhören konnte, wenn ich zur Mittagszeit, betäubt von Hitze, Wein und Spaghetti, im Schatten lag und von den Nymphen träumte.

Doch die Nymphen waren flüchtige Wesen und schwer zu fassen. Die Zikaden ebenfalls, die ich nur selten zu Gesicht bekam, und wenn, dann sahen sie eher enttäuschend aus. Ich hätte gern mehr gewusst und den Mythos der Insekten mit empirischem Wissen verbunden, wie das beispielsweise Ernst Jünger in den »Subtilen Jagden« und seinen Tagebüchern tat. Also las ich Jean-Henri Fabres »Souvenirs entomologiques«, wo ich zwar in der mir zur Verfügung stehenden (deutschsprachigen) Auswahl nicht auf die Zikaden, wohl aber auf die Gottesanbeterin *(Mantis religiosa)* stieß, von der Fabre sagt: »Dies ist ein Tier des Südens, das mindestens so viel Aufmerksamkeit und Anteilnahme verdient wie die Zikade, aber lange nicht so berühmt ist wie diese, weil es keinen Lärm verursacht.«

Die Mantis schweigt und betet: Das heißt, sie klappt ihren Fangapparat zusammen und hält ihn gegen die Brust. Und dies so lange, bis ein Beutetier in ihre Nähe kommt. Dann hört sie auf zu beten und schlägt zu. Das ist nicht unbedingt sympathisch, aber allemal realitätstüchtiger und effektiver als das dauernde Singen. Und Nymphen ließen sich auf diese Weise wohl auch besser fangen. Doch soll die Mantis keinesfalls ein Vorbild in erotischer Hinsicht sein, zumal sie ihren Freier nicht nur nach der Paarung auffrisst, sondern bereits während des Aktes, mit Fabre zu sprechen, »anzuknabbern« pflegt. Letzteres vorzugsweise unter Bedingungen der Gefangenschaft.

Kein Lieblingstier also, aber ein Insekt, über das sich nicht nur – bis hin zur »Anatomie und Histologie des Gehirns von Mantis religiosa« (C. Å. Malmsten) – wissenschaftlich forschen, sondern auch philosophisch reflektieren lässt, um in dem kannibalischen Tier sowohl eine destruktive Disposition menschlicher Triebhaftigkeit im Allgemeinen als auch eine Figur der »femme démoniaque« (Roger Caillois) im Besonderen zu entdecken. Und darum eignet sich das arme Tier, das für das alles im Grunde ja gar nichts kann, auch ganz hervorragend als Wappentier für Menschen und vor allem Männer, die sich vor Frauen fürchten. Vor allem vor solchen mit spirituellen Interessen.

Theresia Walser

Mein Nebenbuhler, der Schwan

Jedes Jahr, wenn draußen von neuem das Paarungsgeschäft beginnt, die Amseln einander durch die Büsche jagen und die Braxen am Ufer das Wasser aufwühlen, frage ich mich, was aus all den Tieren wird, die im Frühjahr keinen Partner finden. Dass es in Wiesen, Wäldern und Seen nicht anders zugeht als sonst, beruhigt mich. Anders als in vielen Tierfilmen, bei denen ich oft das Gefühl habe, man will mir demonstrieren, dass alles von Nutzen ist, dass jeder Zipfel, jeder Höcker, jedes Horn einen Sinn hat, als sei die Natur eine Art Maßschneiderei für Zweckmäßigkeiten, bin ich erleichtert, dass es sie gibt: die Übriggebliebenen, Sitzengelassenen, all jene, die in unseren Frühlingsliedern nicht vorkommen.

In meiner Kindheit gab es einen Schwan, der von vornherein nicht dafür gemacht schien, bei den frühjährlichen Balzballetten der anderen Schwäne viel zu gewinnen. Im Grunde genommen fehlte ihm alles zum Schwan, schlimmer noch, es schien ihm peinlich, einer zu sein. Sobald er auftauchte, schwammen die anderen Schwäne ihm aus dem Weg, als befürchteten sie, neben ihm könnten auf einmal auch Zweifel an ihnen aufkommen. Nie war er ganz weiß geworden, behielt zeit seines Lebens sein gräuliches Gefieder. Neben diesem Mangel an Schwan wirkten seine Verwandten wie Kostümierte. Wahrscheinlich gibt es für einen Schwan nichts Schlimmeres, als wenn man über ihn lacht. Ebenso könnte man einem Opernsänger beim Singen ins Gesicht lachen. Ein Schwan will ja nichts mehr sein als das Selbstverständnis seiner Übertreibung, nie anders denkbar, als in größter Unaufwendigkeit wie prächtig weiße Gebüsche übers Wasser zu gleiten, als sei er für nichts anders da als fürs Betrachten, mehr noch, als sei er selbst so sehr der Betrachtete, dass es den Betrachter gar nicht mehr braucht.

An den sommerlichen Seepromenaden, wo sich Scharen von Schwänen, Haubentauchern und Enten einfinden, um sich von den Touristen für Brot fotografieren zu lassen, blieb er immer im Wasser draußen bei den Blesshühnern, die lange so tun, als seien sie nur zum Zuschauen gekommen, um sich später über die Reste herzumachen. Spähte er da inmitten dieser Wasserhühner mit seinem mageren langen Hals heraus, wusste man nicht, ob man ihn für einen Idioten halten sollte oder ob es eine besondere Art der Verschlagenheit war, die all dieses Ufergebettel verachtet und sich ganz anderen Dingen widmet. Ich hätte ihn längst vergessen, wenn ihm nicht eines Winters mit lautem Getöse eine Gans hinterhergeschwommen wäre. In einem gewissen Abstand mit vorgestrecktem Hals, als beschimpfe sie ihn, und er vorneweg, als habe er es verdient, sahen sie aus, als kennten sie einander schon länger.

Kurz vor St. Martin hatte sie sich aus dem Gehege eines Gemüsehändlers befreit, war den kleinen Bach, der durchs Dorf führt, hinunter in den Bodensee geschwommen und vom ersten Moment an, als begrüße sie sich selbst, in lautes Trompeten ausgebrochen. Damals hatte ich beschlossen, mir nie wieder ein Tier zu wünschen. Im Herbst hatten die Müllmänner aus Versehen mit den Laubabfällen meine Schildkröte abgeholt, und ich konnte darüber nicht einmal traurig sein. Bis dahin hatte ich jedes Jahr Hasen gehabt und war überzeugt, dass es für jeden Hasen nur einen schrecklichen Tod gibt. Den letzten hatte ein Nachbarshund aus dem Käfig gebissen, war mit ihm im Maul so lange im Garten herumgerast, bis der Hase plötzlich einen Schrei ausstieß, dass selbst der Hund ihn vor Schreck fallen ließ.

Jetzt, wo auf einmal diese Martinsgans auf dem See erschien, dachte ich, das könne nur eine glückliche Fügung sein. Dieses Mal würde nicht ich mir ein Tier wünschen, sondern ein Tier würde mich finden, ich würde sozusagen am Ufer bereitstehen und warten, bis es mich findet. Eine Gans, die sich derart über ihren eigenen Hinrichtungsheiligen hinweggesetzt hatte, würde sich nie einem Hund ausliefern, noch würde sie wie diese Schildkrötenfestung spurlos an mir vorübergehen. Schon sah ich mich im Sommer mit ihr beim Schwimmen und gab ihr einen Namen.

Bald kam sie täglich, um sich von mir füttern zu lassen. Jedes Mal brachte sie diesen Zurückgebliebenen mit, wobei man nie wirklich sagen konnte, wer von den beiden den anderen mitbrachte.

Sie war es schließlich, die ihm in großem Abstand folgte. Oft schwamm sie hinter ihm wie ein überdrehtes Orchester, brach grundlos in alle möglichen Stimmungen aus. Jubelnd, schimpfend bis hin zu lang gedehntem Trompeten, um letztlich wieder in ein Gebrabbel zu verfallen, als spiele sie sich selbst den Widerspruch, bei dem sie das letzte Wort hat. Man hätte nicht sagen können, wer bei diesem Paar Gänsin, wer Schwan, wer Schwänin oder Ganter ist, auf solche Herkömmlichkeiten schienen die beiden nichts mehr zu geben, und das machte mir Hoffnung.

Manchmal am Abend sah ich ihr zu, wie sie ihn nachmachte. Tauchte er seinen langen dürren Hals ins Wasser, tat sie es genauso, richtete er sich plötzlich im Wasser auf, schlug wie für nichts mit den Flügeln in der Luft, versuchte sie es auch. Hätte sie danach nicht alles gleich wieder mit ihrem Geschnatter kommentiert, hätte ich glauben können, sie sei der eigentliche Schwan. Da ich mal eine Gänseherde gesehen hatte, die alles im Gleichschritt tat und selbst in ihrer Unsicherheit und Verwirrung noch derart synchron war, als spielten sie in der Revue eines Wahnsinnigen, glaubte ich, sie müsse jemanden vermissen, der sie nachmachte. Das nächste Mal, als sie kam, schnatterte ich. Erst war sie verdutzt, verstummte, fing mit einem Mal an, leise zu fiepen, wie es nur kleine Gänse tun, und ich war überzeugt, sie habe sich an ihre Mutter erinnert. Von da an schnatterte ich jedes Mal, wenn sie kam. Trotzdem wollte sie nicht aus meiner Hand fressen. Es blieb bei den Unverbindlichkeits-Besuchen. Hatten sie gefressen, schwammen beide wieder hinaus, ließen mich am Ufer stehen, als wären sie froh, meinem Schmierentheater den Rücken zu kehren, als ließe sich hinter so viel Verstellung, egal mit welcher Absicht, nur Widerwärtiges vermuten.

Die Schuld dafür gab ich ihm. Jedes Mal musste er in seiner misstrauisch verstockten Art beim Fressen fauchen, als verfluche er an sich selbst den erbärmlichen Drang, sich von Menschen füttern zu lassen. Das muss ihr imponiert haben, anders konnte ich es mir nicht erklären. Wer sie wollte, musste auch ihn in Kauf nehmen. In solchen Momenten wünschte ich mir eine fremde Gans, nur um sie ihm damit auszuspannen. Während der frühjährlichen Revierkämpfe, bei denen die Schwäne übers Wasser galoppieren und mit hochgestelltem Gefieder einander umkreisen wie Kriegsschiffe, fehlten die beiden nicht und mischten sich auf ihre sinnlos übertriebene Weise mit ein, als wollten sie das Ganze ad absurdum führen.

Ich machte mir Sorgen um ihre Gesundheit. Gänse lebten auf Wiesen, auf Bauernhöfen, marschierten über Grund und Boden, waren nicht fürs ständige Schwimmen gemacht. Noch nie hatte ich ihn das Ufer betreten sehen, und ich zweifelte, ob er überhaupt laufen konnte.

An den sommerlichen Seepromenaden waren sie, inmitten der Wasservögel, längst zum beliebtesten Paar geworden, da sich die Geschichte der ausgebrochenen Martinsgans herumgesprochen hatte. Sie genoss es, sich von all denen als Heldin füttern und verehren zu lassen, ohne dabei je zu vergessen, dass sie eines St. Martins noch auf dem Teller ihrer Bewunderer enden könnte. Mich zählte sie dazu, dachte ich, von Anfang an. Sie überlebte noch jedes St. Martin. Es müssen einige Jahre gewesen sein, die die beiden ihr gemeinsames Seeleben führten. Längst war ich rückfällig geworden, hatte wieder angefangen, mir Hasen zu wünschen, als sie eines Winters nicht mehr zu hören war. Zum ersten Mal erfuhr ich, dass man ihr rund um den See verschiedenste Namen gegeben hatte. Mehrere Leute vermissten auf einmal ihre Gans: Schnatterle, Mathilda, Martina. Niemanden wunderte es, dass man seither auch ihn nicht mehr sah. Es schien schwer vorstellbar, wie er nach all den Jahren diese plötzliche Stille hinter sich hätte ertragen sollen, ohne dass sie ihm folgte. Immer in diesem gewissen Abstand, den sie über Jahre hinweg so penibel einhielten. Als hätte es zwischen dem Zurückgebliebenen und der Entkommenen genau dieses Abstands bedurft.

Nach diesem plötzlichen Verlassen der Seebühne kursierten über ihr Ende verschiedenste Geschichten: Die einen meinten, sie seien beim Seenachtsfest von einem Motorboot überfahren worden, andere glaubten, der Polsterer aus dem Dorf habe sie kurz vor Weihnachten auf seiner Entenjagd erschossen, nannten ihn ein Arschloch, wieder andere waren sicher, man habe die beiden zuletzt auf der Schweizer Seeseite gesehen. Als ich sie das letzte Mal sah, stiegen sie aus dem Wasser und marschierten zu meiner Verwunderung über das Ufer hinaus einem Hang zu. Sie vorneweg und er in beeindruckender Unbeholfenheit ihr hinterher. Als hätten die beiden ein Gespür dafür, wie ungleich Gemeinsamkeiten sein müssen.

Dass ich ihnen dabei nachschaute, konnten sie nicht wissen. Mehr Ende, dachte ich, muss nicht sein.

Stephan Krass

Der Flügelschlag des Käfers

Tiere dienen dem Menschen in vieler Hinsicht als Konspirationsgesellen. Rufen wir uns jenes Foto aus dem Jahre 1965 in Erinnerung, wo Joseph Beuys in einer Kunstausstellung sitzt, die Arme bergend um ein weiches fellbezogenes Etwas gebreitet, zu dem er mit eindringlichen Worten spricht. »Joseph Beuys erklärt einem toten Hasen die Bilder«, sagt uns der Titel des Fotos. Im Wettlauf der ästhetischen Diskurse scheint ein toter Hase allemal verständiger zu sein als der Igel Mensch. Mit dieser Lehrstunde ist der tote Hase selbst zum Gegenstand der Diskurse geworden, und wir Stachelpelze wollen nun seine Botschaft verstehen.

So ist das mit den Tieren: Erst bevölkern sie unsere Bilderwelten, später entdecken wir in ihnen Zeichenträger, und dann wollen wir die Zeichen lesen. Seit wir mit Darwin in den Tieren unsere fernen Verwandten erkannt haben, hat sich dieser Lesehunger zu einem veritablen Appetit ausgewachsen. In ihm vollendet sich der letzte Akt der Unterwerfung.

Gleichzeitig sind wir von der Aussicht fasziniert, das Buch des Lebens noch einmal neu aufzuschlagen. Mit Darwin wurde das Tier zur Matrix der Genealogie. In der Evolutionstheorie wurde sein Code auf Augenhöhe mit unseren Entschlüsselungstechniken gebracht. Durch diese Tür trat das Tier in den Erfahrungsraum der Moderne ein. Doch die Chiffren seines Textes sind noch längst nicht entziffert.

Wenn man mich heute fragt, müsste mein Initiationstier ein Marienkäfer gewesen sein. Immerhin kann ich mich sehr genau erinnern, dass dieser freundliche Sommergast schon früh meine ganze Aufmerksamkeit auf sich gezogen hat. Es war das mennigrote Flügelkleid mit den stecknadelgrossen schwarzen Flecken, in dessen Code ich mich andächtig vertiefte. Jedenfalls habe ich auf dem Rücken dieses Käfers das Zählen gelernt. Sieben symmetrisch angeordnete Punkte zieren die Oberseite eines *coccinella septempunctata,* der in den Gärten meiner Kindheit so zahlreich vertreten war. Und kam bisweilen ein Bastard dahergeflogen, dessen Flügeldecke nur fünf oder sechs Flecken aufwies, war das dem Geschäft des Zählens nur zuträglich. Zudem galt das zahlencodierte Flügeltier als Glücksbringer, was den Erfolg der Additionsleistung noch krönte. Als ich später lesen konnte, verbrachte ich ganze Tage mit Lexika und Wörterbüchern. Da entdeckte ich dann die sprechenden Namen, die der Volksmund dem Siebenpunkt zugedacht hatte: Herrgottskühlein, Sonnenkälbchen, Gottesschäfchen.

Der Siebenpunkt erregte indessen noch aus einem anderen Grund meine Aufmerksamkeit. Berührte man ihn – so hatte ich im Brockhaus gelesen –, zog er Beine und Fühler ein, stellte sich tot und gab zur Verteidigung einen safrangelben Saft von sich, der bis ins 19. Jahrhundert wegen seines opiumartigen Geruchs gegen Zahnschmerzen angewendet wurde. Da war mir das Lachgas, von dem die Erwachsenen nach einem Zahnarztbesuch sprachen, schon aus Gründen der Semantik erheblich sympathischer. Als ich bis acht zählen konnte, wurden die Siebenpunkte von diesem Evolutionsschub schnöde überholt. Wenn der Prozess der Adoleszenz als eine Einübung in Abstraktionsleistungen beschrieben werden kann, war die Begegnung mit dem Marienkäfer ein Schritt dahin. In seiner Gestalt war mir mein algebraisches Zeichentier erschienen.

Schatzsuche

Auf der Spur der Zahlen hatte meine Käfergeschichte begonnen, auf der Fährte der Buchstaben sollte sie sich fortsetzen. Der Text der Tiere ist ein dickleibiges Buch. So kam der Siebenpunkt aus den Kindertagen viele Jahre später als Goldkäfer zurückgeflogen. Der Code, den er dieses Mal auf seinem Flügelkleid trug, bedurfte schon eines ausgewiesenen Kryptologen, um in einen entzifferbaren Textkorpus übersetzt zu werden. E. A. Poe, der jenem Goldkäfer sein Geheimnis entlockte, war ein solcher. Vielen seiner Zeitgenossen galt er als wahres Dechiffrierungs-Genie. Poe pflegte seine Leser aufzufordern, ihm codierte Nachrichten zu übermitteln. Er behauptete, alle monoalphabetischen Geheimschriften entschlüsseln zu können. Hunderte von Lesern sandten ihm ihre Kryptogramme. Er hat sie allesamt dechiffriert.

In der Erzählung »Der Goldkäfer« gibt Poe eine Kostprobe seiner Obsession. Dort erzählt er die Geschichte des menschenscheuen Einzelgängers Legrand, der durch den zufälligen Fund eines sonderbaren Käfers nebst einem geheimnisvollen Zeichenkaliber auf die Spur eines alten Piratenschatzes gebracht wird. Bevor Legrand die schwere Truhe in ihrem unzugänglichen Versteck lokalisieren kann, muss er ein kryptologisches Meisterstück vollbringen. Das Kaliber aus vergilbtem Pergament gibt seine Zeichenschrift, die in alchemistischer Manier unleserlich gemacht wurde, erst nach einer Spezialbehandlung mit Feuer und Wasser preis. Legrands detektivischer Eifer bringt ihn schließlich so weit, das schwer entzifferbare Gewirr aus Buchstaben, Zahlen, Interpunktionen und Symbolen in einen lesbaren Text überzuführen. Am Ende triumphiert die Entschlüsselung des Kryptogramms über den Fund des Schatzes, und der Leser, der das Decodierungsverfahren Schritt für Schritt verfolgen kann, darf sich als Komplize fühlen. Der titelstiftende Käfer, dessen Flügeldecken so golden glänzen, entpuppt sich dabei als eine Art Bewegungsmelder, der die Operation Schatzsuche erst auf die Spur gesetzt hat.

Warum aber musste der Geheimnisträger ausgerechnet ein Käfer sein? Was prädestiniert den *scarabaeus* zum *scout?* Hat Poe mit seiner kryptologischen Obsession am Ende selbst die Lesart vorgegeben? Liegt in der Technik des Kryptogramms ein Schlüssel, der auf die Fährte des Käfers führt? Wenden wir also das Spiel von Codierung und Decodierung auf die Konstruktion der Geschichte selbst an und fragen: Welches Geheimnis birgt der Käfer, und welchen Schlüssel müssen wir finden, um seinen Code zu knacken?

Zählen, Erzählen

Vielleicht kann uns dabei die Lektion zu Hilfe kommen, die wir auf den Flügeln des Siebenpunkts gelernt haben. Poe arbeitet in seiner Erzählung mit einem von Zahlen und Buchstaben verschlüsselten Text. Nehmen wir also die nächstliegende Verbindung zwischen diesen beiden Zeichensystemen und ordnen den Buchstaben nach ihrer Stelle im Alphabet Zahlen zu. Wir verfahren dabei nach dem Schema A=1, B=2, C=3 bis zum Buchstaben Z mit der Ordnungszahl 26. Somit können wir für jedes Wort durch Addition der Zahlenwerte seiner Buchstaben einen alphanumerischen Code errechnen.

Das Wort KÄFER (K=11, A=1, E=5, F=6, E=5, R=18) kommt demnach auf einen Code von 46. Doch der Käfer ist nicht der einzige Träger dieses Zahlenwertes. Für denselben Code lassen sich noch andere Worte ermitteln. Prüfen wir also zunächst das Wortfeld und schauen, welche Referenzbegriffe mit demselben Zahlenwert der Code 46 noch zu bieten hat. Vielleicht verbirgt sich der Schlüssel im Wortfeld alphanumerischer Synonyme. NACHT lesen wir, MOND, WAHN und GALGEN. Unbestreitbar sind wir in den Kosmos der Schatzsucher eingetreten.

Da fliegt auch wieder jener Marienkäfer ins Bild, der über sein Flügelkleid mit den Zahlen und dem Zählen so fest im Bunde ist. Für das Wort MARIENKÄFER ermitteln wir ein spezifisches Gewicht von 106. Was sagt uns dieses Wortfeld? INSCHRIFT lautet ein Zahlensynonym mit demselben Code, VERBORGEN ein anderes. Also müssen wir auf dieser Spur weitersuchen. Dazu gehen wir noch einmal zurück zum KÄFER mit seinem Zahlencode von 46. Hier muss sich das Schlüsselwort finden.

Das Auge fliegt über die Synonymreihen und bleibt bei dem Begriff ALGEBRA stehen. Nun wissen wir, dass wir auf der richtigen Spur sind. Was aber hat es mit der verborgenen Inschrift auf sich? Vielleicht müssen wir unter dem Kleid des Käfers nachschauen und die geheimnisvolle Inskription auf dem Panzer suchen. Also heben wir die filigrane Flügeldecke vorsichtig an und subtrahieren den Zahlenwert des Wortes KLEID von dem des Begriffs MARIENKÄFER. In Zahlen lautet unsere Gleichung 106 minus 41. Im Wortfeld der Zahl 65 ist somit das Geheimnis der Inschrift verborgen.

Wieder eilt der Blick über die Begriffe mit dem Zahlenwert von 65 und hält plötzlich inne. ALPHABET lesen unsere erstaunten Augen. Schöner hätte es die Natur nicht einrichten können. Mit ALGEBRA und ALPHABET ist der Käfer das Code-Tier der Literatur. Mit seinem Namen steht er dafür ein, dass alles Erzählen mit der Zahl beginnt. So ist der geflügelte Zeichenträger der Schutzpatron aller Schriftkundigen und das Wappentier der Leser; und damit legt er die Spur zu dem größten aller Schätze.

Anne Weber

Das Tier

Aus der Steppe kommt es auf seinen ungleichen Beinen, auf dem Rücken trägt es noch ihre dürren, gelblichen Farben. Federnden Schrittes wippt es voran, unter den Wolken hindurch, die träge in dieselbe Richtung fliehen und, mit sich selbst und ihrer steten Verwandlung beschäftigt, kaum ein Auge, höchstens ein paar spärliche Tropfen, auf die wechselnden Webmuster unter sich werfen. Zielstrebig ist das Tier, ängstlich und schnell. Wochen, Monate ist es unterwegs, wer will wissen, wie lang. Ohne innezuhalten, hastet es vorwärts, sich ernährend nur von dem Maulvoll Blätter, die es im Sprung erhascht, trinkend an den Gewässern, die es durchpflügt. Im Schatten eines Baumes legt es sich endlich nieder.

Es wacht auf in der prallen Sonne und ist so kraftlos, dass es kaum mehr aufstehen kann. Die dünnen, sehnigen Beine knicken immer wieder ein. Mühsam kriecht es dem Schatten nach, der es verlassen hat, und so immer weiter von Schatten zu Schatten, auf Zickzackwegen in die Richtung, in die es wollte oder aus der es kam. So gelangt es bis zu mir, bis vor das einzige Fenster meines Hauses in dem blutigen Licht der Abenddämmerung. Es schaut mich an mit dunklen Augen, die alles wissen und alles verstehen und doch voller Verwunderung und Fragen sind – bin ich das Rätsel, das vom roten Licht des Horizonts durchglüht in diesen Augen schwimmt?

Ich pflege und füttere das erschöpfte Tier, und das scheue Wesen lässt sich meine Fürsorge gefallen und kommt langsam wieder zu Kräften. Ich verbringe viel Zeit damit, ihm durch das Fenster bei seinen Fortschritten zuzuschauen. Damit es nicht streunenden Hyänen zum Opfer fällt, umgebe ich es mit einem Zaun, hinter dessen hohen, schmalen Latten es manchmal ein paar zaghafte Schritte macht. Schließlich ist es wieder wohlauf und könnte seine Reise fortsetzen, aber ich lasse es vorerst nicht laufen. Was gäbe es denn dann noch vor meinem Fenster zu sehen? Und was sollte ich, fiele die Nahrungsbeschaffung und Fütterung weg, mit den zähen Nachmittagsstunden anfangen? Wie mein Leben aussah, bevor das Tier auftauchte, kommt mir jetzt nicht mehr in den Sinn. Und doch langweilte ich mich nicht in jenen früheren Zeiten. Mir scheint, ich saß am Fenster, und meine Augen verfingen sich in den trockenen Gräsern, die büschelweise das Haus umgeben und jahraus, jahrein zerzaust werden vom Wind.

Das Tier läuft unruhig hin und her, die langen Hinterbeine setzen an zu Sprüngen, die aus der engen Umzäunung hinausführen und nie vollendet werden können. In seinem Blick liegt noch immer dieselbe dunkel schimmernde Verwunderung. Kann es denn von mir Antwort erwarten auf Fragen, die es selbst nicht kennt? Nachts tobt das Tier in seinem Käfig, es kratzt am Zaun mit seinen scharfen Krallen, nagt Kerben in das harte Holz, wirft sich mit voller Wucht gegen die Pfähle, aber die sind geeignet, die stärksten Angreifer abzuwehren, und halten stand. Am Morgen sehe ich es, einem Kadaver gleich, reglos auf der Flanke liegen.

Ich habe das Tier getötet. Als ich das Gatter aufschloss, um ihm sein Futter zu bringen, wollte es an mir vorbeischlüpfen und entfliehen. Ich habe es um den Hals gepackt und mit allen Kräften festgehalten. Wir haben gekämpft. Es hat sich aufgebäumt und mich in den Schenkel gebissen, aber ich habe nicht losgelassen. Es hat vor Anstrengung leise geächzt, sein Fell roch nach fremden, warmen Wäldern, am weißlichen Himmel war die Sonne ein fahler, verschwommener Fleck. Ich habe ein Messer aus der Tasche gezogen und dem Tier die Kehle durchgeschnitten.

Das Tier ist von meiner Hand und in meinen Armen gestorben. Lange lag ich an seinen Leib gepresst am Boden und spürte, wie die Wärme nach und nach aus ihm wich.

Ich habe die Zaunpfähle ausgerissen, zu einem riesigen Haufen aufgeschichtet und das tote Tier darauf verbrannt. Aschefetzen wehen durch die Luft, dünnes schwarzes Papier, das man zwischen den Fingern zerreiben kann. Die Erde erbebt vom Getrampel der Herden, in der Nacht schwillt das Dröhnen der Hufe immer weiter an, ich liege auf meiner Pritsche mit offenen Augen, Büffel sind es oder Elefanten, unter deren stampfendem Schritt das Haus erzittert bis zum Morgengrauen, auch in der Frühe ist keine Beruhigung zu spüren, und doch ist in der ganzen weiten Ebene kein lebendiges Geschöpf zu sehen. Ich trete aus dem Haus, vergrabe kurz die Hände in dem noch warmen Aschehaufen, aber meine Füße sind eigenständige Wesen und können auf der bebenden Erde nicht stehen, sie laufen los, tragen mich weg von dem Haus mit dem einzigen Fenster, schnell laufen sie und immer schneller, die Bisswunde in meinem Schenkel schmerzt, aber die unsichtbaren Herden ziehen mich mit sich, und ich springe davon wie eine verletzte Antilope, wie eine Giraffe, wie ein Pferd. Die Sonne steht schon im Zenit, als ich endlich zusammenbreche. Ein Schatten legt sich auf mich. Erwachend blicke ich in die feuchten, erwartungsvollen Augen des Tiers.

Hans Ulrich Gumbrecht

Theologie des Tapirs

Falls Sie sich die Zeit noch nie genommen haben, dann widmen Sie doch bitte dem Tapir-Gehege ein paar oder mehr Minuten, sobald Sie das nächste Mal an einem Sonntagnachmittag zur Unterhaltung Ihrer Kinder nichts Originelleres vorhaben als einen Zoobesuch (auch ein Internet-Zoo, den Sie mit Ihren Patenkindern durchschreiten, könnte letztlich akzeptabel sein – obwohl dies aus Gründen, die ich plausibel zu machen hoffe, nur eine zweitbeste Lösung wäre). »Etwa von Esels-Größe und mit der fettnackigen Form eines Schweins«, wie es ein zoologisches Handbuch sehr suggestiv beschreibt, sehen Sie den Tapir auf meist morastigem Grund dastehen – und das ganz Einmalige an ihm haben Sie dann, ohne es noch zu wissen, schon wahrgenommen: Der Tapir tut zunächst einmal nichts als dastehen, er steht da, als sei er die sehr fleischige Fleischwerdung des Titels von jenem wunderbaren Peter-Sellers-Film der frühen achtziger Jahre: »Being There«.

Je intensiver und ausschließlicher Sie sich auf den

dastehenden Tapir konzentrieren, desto eher wird sich der Eindruck einstellen – und ich habe nie ausmachen können, ob er vom Tapir, dem Gegenstand der Beobachtung, oder von mir, dem Subjekt der Beobachtung, kommt –, der Eindruck, dass der Tapir unmerklich zittert, so wie die Bilder am Anfang eines Films aus dem vor-digitalen Zeitalter. Während der Tapir nun zittert, wirken seine Versuche rein symbolisch, mit dem kurzen Schwanz die glänzenden Schweißfliegen zu vertreiben, welche das nach Urin und Kot stinkende Gehege anzieht. Denn der Tapir steht da, so wird dem geschichtsphilosophisch oder gar geschichtstheologisch inspirierten Besucher bald deutlich werden, um Opfer in Vollkommenheit zu sein. »Schmerzens-Tier« könnte man ihn deshalb in gewollter Anspielung auf die Theologie des Neuen Testaments nennen. Der Tapir steht da, um den Schweißfliegen seine Ohrmuscheln zur Ablage ihrer Eier zu bieten, um das Abgefeimte des Fäkaliengeruchs wirksam zu unterstreichen, indem er sich nicht an ihm stört.

Aber nicht nur geschichtstheologisch ist diese Spezies bemerkenswert, auch für den Evolutionsbiologen hält sie Denkanstöße bereit. Denn in einer Zeit wachsender Skepsis gegenüber dem darwinistischen Paradigma sollte man der Versuchung zum Gedankenexperiment nicht widerstehen und den Tapir zumindest ansatzweise als Paradigma für das Prinzip eines »survival of the un-fittest« diskutieren. Obwohl er ein Nachttier ist, scheinen die Augen des Tapirs zurückentwickelt bis zu einem Grad, der an den Grottenolm erinnert. Während sich seine Existenz deshalb darin erfüllen sollte, den scharfzähnigen Raubkatzen, so gut er kann, zu entkommen, fällt es dem massigen Tapir der Wirklichkeit ungemein schwer, sich in die Blätter- und Baumbestände des Regenwaldes zu pressen – und die malaysische Variante hält sich auch dort noch mit ihrem schneeweißen Rücken für alle Tapir-Schlächter des Tierreichs jederzeit sichtbar. Der Rüssel des Tapirs ist zu schwach, um ihn – wie einen Elefantenrüssel – für Bauarbeiten zu qualifizieren, und zu kurz, um sich – wie der Rüssel des Ameisenbärs – bei der Nahrungsaufnahme im flachen Wasser zu bewähren. Weil der Tapir bis heute in Zentralasien und im subäquatorialen Südamerika zu Hause ist, dürfen wir schließen, dass er, so wie er heute vor uns steht, ein unwahrscheinlicher Überlebender aus der Fauna von Gondwanaland ist.

Nichts ist leichter, aber nichts ist auch langweiliger, haben Ethnologen immer wieder von den Ältesten venezolanischer und paraguayischer Pygmäenstämme gehört, als die Jagd auf den Tapir. Es genügt zu wissen, dass Tapire keine Mühen und keinen Weg scheuen, wenn sie Salzgeruch in ihrer Witterung aufnehmen. Also muss der Pygmäe nur Salzpaste auf eine Baumrinde applizieren und kann dann gelassen auf das unausbleibliche Erscheinen des Tapirs warten, um ihn bald schon mit seiner Taschenlampe in einen Zustand des Stupors zu versetzen. Gekocht wie gegrillt sei Tapir-Fleisch, liest man, eine Delikatesse, die an das Fleisch junger südafrikanischer Krokodile erinnere.

Im südtirolischen Brixen gibt es (wie im goethischen Weimar) ein Hotel, das seit Jahrhunderten schon einen Elefanten im Wappen trägt. Doch wer sich auf das der Straßenseite des Hotels zugewandte »Elefanten«-Gemälde auch nur einen Moment konzentriert, dem wird bald auffallen, wie kurz der Rüssel und wie dick und flach der Nacken des Symboltiers geraten sind. Angesichts der historischen Zugehörigkeit Brixens zum Reich der Habsburger einerseits und andererseits der dominanten Rolle Habsburgs bei der Kolonisierung Südamerikas lässt sich also die Konjektur kaum von der Hand weisen, dass es sich bei dem südtirolischen Hotel-Elefanten um einen Tapir handeln möchte. In den Emblem-begeisterten Jahrhunderten der frühen Neuzeit könnte es ja nahegelegen haben, mit dem leidensbereiten Tapir als einer funktional äquivalenten Variante für das Bild vom »Lamm Gottes« zu spielen. Der »Tapir Gottes« also. Fast ebenso wenig wie der Tapir Gottes lässt sich die Spekulation ausschließen, dass dem theologischen Potenzial des Tapirs im friedensbereiten Europa unserer Zeit eine glorreiche Zukunft bevorstehen könnte. Denn allemal ist der Tapir Fleisch gewordener Traum einer ungefügen Unschuld, welche stärker wirkt als ihre auf ausschließlich geistige Werte beschränkten Versionen.

Matthias Göritz

Verwandlung – die Schlange erzählt

1. Warten

»Howard?«

Ganz schwach höre ich noch diese Stimme. Der große Stein gibt seine Hitze ab, ich habe die Kleider abgelegt und mich aufgewärmt. Die Dämmerung ist eine Zeit des Wartens. Ich liege am Boden. Der Boden pulsiert. Unter mir spüre ich einen harten, aber noch weit entfernten Aufschlag. Er setzt sich fort durch die Erde, berührt meinen Unterleib. Eine kleinere Erschütterung spüre ich auch, das Trippeln von Füßen. Ich hätte wie aus dem Ei gepellt ausgesehen, hatte sie mir gesagt, als wir uns das letzte Mal sahen, ich meine mit menschlichen Augen. Sie hatte gelacht, mich aber nicht mehr geküsst. Wie Recht sie hatte. Ich stemme mich gegen den Boden und schiebe mich einige Zentimeter nach vorn, aus dem Hitzeschild des Steins heraus.

Das kleine Trippeln kommt näher, vermutliche Nahrung. Man muss ruhig auf der Ebene liegen. Der Zungenstrom fächert mir Luft zu. Ein paar milligroße Tropfen vom Schweiß, dann ist klar: Rechts ist er schärfer. Der Duft. Ich hab mich ihm ausgesetzt, hingehalten, auf die Lauer gelegt; das frische Gras hat ihn: Nahrungsgeruch. Immer schneller presse ich meine Zunge, wenn sie nach vorne geschnellt und wieder hereingekommen ist, an die Oberseite im Mund. Köstliches Organ. Ich spüre Tropfen von Nahrung im Sand, eine Erdmaus. Der Geruch wird stärker. Schnelles kleines Geschöpf, jetzt ganz nah bei mir. Ich harre aus, reglos, hör auf mein Grubenorgan. Abtastendes Sehen von Hitze in der schattigen Welt der Steine, Blätter und Gräser. Das Fleischrot hat eine andere Wärme. Etwas schlägt dunkellaut wie ein Herz. Es ist ein schnelles Herz in Dunkelrot, ein pulsendes Hitzezentrum, Pumpe im Körper des kleinen Nagers, der auch mein Beutetier ist, Mauseherz gleich mausetot. Ich warte. Schiebe mich näher ran. Hole aus. Zack, ein Zwanzigstel von den Sekunden, dann stößt mein Kopf vor, Mausherz im Schock, rast fort, und ich bin sein Jäger.

»Howard?«

Plötzlich: nähern sich Schritte, Erdbeben. Näher. Keine Zeit, den Mund größer zu machen, die Kiefer auszuhacken und die Erdmaus mit den Zähnen zu packen und durch den Gummischlund in die Tiefe zu tragen, Fett bunkern für eine Woche. Näher kommen Grundschläge durchs Bodenfell, riesige Aufpfropfungen von etwas Großem, als sollte der Eischale der

Erde von außen ein Knacks zugefügt werden und die große heilige Schlange käme dann endlich heraus. Dann nähern sich auch von anderer, gegensätzlicher Richtung Schritte.

Reißschritte, Riesenschritte, noch näher. Wollen sie mich treten?

2. *Hochschnellen*

Angst ist eine Feder. Sie zieht mich zusammen, bis ich die Fläche einer Tellermine habe und nicht angreifbar bin. Gespannt treiben Beine in meine Reichweite. Feine Beine, weiß, härchenwild, riesengroß, warm. Schön anzusehn, gefährlich im Näherkommen, Aufmichzugehen. Zungenschlag, Schweiß. Vorbei. Zusammengerollt rieche ich anderes Jagdfieber im Schatten, süßlich. Riesenberg kommt, streift toten Mausekörper, schreit, schriller hoher Ton schwingt in meine Richtung, neben dem alten Ast im Busch, unter dem ich mich eingerollt habe, Nacken in Zischform gespannt.

»Ruhig, Schatz, das ist nur eine Maus.«

Riesenberg sagt: »Schnell, zieh dich aus, bevor jemand kommt.« Bergmann bückt sich und wirft Maus weg. Eng umschlungene lange Paarung. Ich bleibe im Busch. Es ist kühl geworden.

»Es ist kühl geworden«, sagt Bergmann und zieht sich an.

»Ja«, sagt Bergfrau. »Nimm mich noch einmal in den Arm.«

Paarung zwei, dann zieht Bergmann sich nach links zurück. »Bis bald, Kramer.« »Bis bald.« Ein Beben entfernt sich. Das zweite kommt auf mich zu.

Registriere: weiblicher Berg. Riesiges Pulsherz oben, weit unter Fleisch. Brauche Extragift, Mundenzym. Bergin mit Stiefel tritt fast auf mich drauf. Donnern. Fauchen. Dann sieht sie mich. Noch mehr zurückgespannt, schnelle ich los wie ein Pfeil. Kurzschrei. Dann fliege ich.

Zähne ausgeklappt aus der Scheide, Stich, Biss in die Hüfte, mehrere Muskelkontraktionen erfolgen, dann spritzt das Gift aus der Drüse ab. Das Wesen tritt nicht mehr, schreit. Es fällt, zuckt wie ein Maustier, aber länger. Es sieht mich an, als wäre ich seine Angst.

»Howard?«

Es streckt seine Hand nach dem Stock. Stock schlägt, ich beiße es. In die Augen. Ich bin die Schlange. Sauge ihm sein blinzelndes Bild von mir aus. Das Lid flackert. Ich sehe mich im Spiegel seiner Pupillen. Mal bin ich da, dann bin ich weg. Ich bin die Schlange, die Schlange der Angst.

3. Biß

Ich bin das Gift, pulse mich in den Berg, schlängle mich seine Adern hinauf. Erreiche sein großes Herz, sein inneres warmes Fell. Hirn, Flattern. Die Zersetzung seines Gewebes beginnt auf der Stelle. Hand fault, Bein fault, Hüfte fault, Auge fault, Bergin fault. Ich suche das Bild von mir. Solange der Berg mich kennt, bin ich in Gefahr. Ich muss es inwendig löschen. Zuckende Abfahrt durch sein Gehirn. Kurzschlüsse, Kontaktexplosionen der Nerven. Der Berg bebt. Der Berg kriecht. Der Berg wird erst heißer, dann kälter. Verfällt. Der Berg ist tot. Und mit ihm eine ganze Welt.

4. Häschen in der Grube

Wir haben das schon in der Kinderstube gespielt. Saß und schlief, sahaß uhund schlief. Armes Häschen, bist du krank, dass du nicht mehr hüpfen kannst? Niemand wollte der Hase sein. Es gibt Leute, die spüren dem Wortsinn nach. Wörter haben keine Augen, und sie leben im Dauerschlaf, bis wir sie wecken. Wie das Häschen. Wie ich.

»Ich bin ohne Gnade«, hatte sie gesagt, als wir tanzten. »Du siehst wie aus dem Ei gepellt aus.« Wenn wir hier sagen, wir seien falsche Schlangen, stimmt das nicht. Wir sind der in Kinderliedern lauernde Teil, Todwörter wie Gruben-, Puffottern oder Schlangenfraß. Wir sind beim Epochemachen. Der Schlangenzeit. Häschen hüpf, Häschen hüpf. Welchen Sinn haben Worte? Den Tastsinn?

Vor uns ist die Starre, in die wir auch verfallen. Häschenangst, universal. Und von Seele zu sprechen, wenn man Puls, Gene und Atem meint ... sinnlos. Bergmann frisst Bergfrau nicht. Schlange frisst Bergfrau nicht. Herz pumpt hart. Abfallwasser rinnt aus den Augen. Wieder war eine Paarung umsonst.

Karl-Heinz Ott

Die Hähne von Manila

Morgens gegen fünf wachten wir auf und schauten von hoch oben hinab auf die Taxis, in denen all jene Mädchen davonfuhren, die aus einem Discokeller ans erste Morgenlicht geschwemmt wurden. Drüben, zum bereits helleren Himmel hin, thronten zwei Ozeanriesen in der Bucht, auf der anderen Seite ragten die Kordilleren auf, die sich gleich hinter der Stadt erheben und zu denen jene Vulkane zählen, welche auf Luzon, der nördlichsten der philippinischen Inseln, immer wieder ganze Landstriche in Schutt und Asche legen. Doch vom sechzehnten Stock unseres Hotels aus schien in dieser frühen Stille jegliches Elend unendlich fern, als bringe der geringste Abstand die Leprakranken, Straßenkinder, Brücken- und Baumbewohner zum Verschwinden. Wir hatten sie nachts, bei unserer Ankunft, an allen Ecken und Enden gesehen und wunderten uns dann kaum, dass hier die Portiers als bewaffnete Wächter auftreten. Morgens aber, beim ersten Blick ins aufkommende Licht und über das im Schlaf liegende

Häusermeer hinweg, wollte es uns scheinen, als sei der anbrechende Tag durch diesen Morgenfrieden von vornherein gesegnet.

Wir standen am Balkongeländer, halb in der Hoffnung, diese Ruhe möge noch eine gedehnte Weile andauern, halb in Erwartung der ersten hupenden Jeepneys und furzenden Mopeds, der Stimmen und Rufe und all des Diffusen, das wie ein Nebel aus Klängen bald die Straßen beleben sollte. Auf dem tiefer gelegenen Dach des Nebenhauses übte sich ein halb nackter Kugelbäuchiger in Kung-Fu-Bewegungen, warf Arme und Beine von sich, als kämpfe er mit einem Feind, bis er sich mit betenden Händen vor seinem unsichtbaren Gegner wie vor einem Gott verneigte, um wieder hinter einer Dachtür zu verschwinden. Immer noch herrschte Stille, bis – ganz anders, als wir es je in einer Millionenmetropole erwartet hätten – auf einmal ein anfangs noch vereinzeltes, gleichsam löchrig ins Nichts hineinstoßendes, immer dichter werdendes, sich von überallher durchsetzendes, zunehmend chorischer anhebendes und gleichzeitig um jedes einzelne Vorrecht kämpfendes Krähen von tausend Hähnen einsetzte. Der Moloch Manila hatte sich, noch bevor er erwachte, im Nu in ein riesiges Dorf verwandelt, oder, richtiger gesagt, er war wohl immer ein ins Endlose sich weitendes Dorf geblieben, das uns an diesem Morgen daran erinnern sollte, dass bäuerliche und babylonische Welten ohne jeden Grenzweg eins sein können.

Die beiden Wochen zuvor hatten wir, eine Nachtfahrt entfernt, nördlich von Manila, am Meer in einem Fischerdorf verbracht. Auch dort hatten uns frühmorgens Hähne geweckt, und um die Mittagszeit pickten Hühner vor unserer Veranda im trockenen Boden herum, bevor sie sich unter den von Palmen beschatteten Holztischen eine Kuhle zum Dösen zurechtscharrten und sich auf den durchgesessenen Korbstühlen niederließen. Auf der anderen Seite der Welt durfte ich mich wie zu Hause in meinem alten Dorf fühlen, wie bei Großmutter daheim, nur dass bei uns kein Meer rauschte und im Garten statt Palmen Apfel- und Pflaumenbäume standen. Jeden Abend hatten wir die Hühner in den Stall gescheucht, weil der Fuchs umging, und alle paar Wochen hatte Oma mit dem Hackbeil einen Kopf fallen lassen. Nur ein einziges Huhn hatte sie mir zuliebe immer leben lassen. Es war Anna, von der ich bis heute ein Foto besitze, das uns beide zeigt, wie wir auf einem Güllenfass thronen und sie mir dabei auf dem Schoß sitzt, als sei's eine Katze. Diese im Bild festgehaltene Zweisamkeit zeugt davon, dass Hühner nicht nur hysterische Paniker sind, sondern sogar eine Spur von Innigkeit besitzen können. Andererseits war es kein Wunder, dass Anna und die andern mich anders als die Großmutter wahrgenommen hatten, schließlich bekamen sie von mir täglich eine Handvoll Maiskörner zugeworfen, was Oma nicht wissen durfte, weil ein so feines Futter für die Sonntage reserviert war. Doch außer Anna hatte mir das keine einzige mit Schoßsitzen und Streichelndürfen gedankt. Anders als Hunde oder selbst Katzen schienen die anderen Hühner resistent gegen jene Intelligenz zu bleiben, die Wohltaten mit Zuneigung würdigt.

An diesem Morgen in Manila kam es uns vor, als erinnerten all diese Hähne an den kosmischen Gang der Natur, der sich von den Menschen und ihren Erfindungen nicht wirklich stören lassen will. Es war, als revoltierten sie mit ihrem heiseren Krähen gegen alle Kirchturmglocken und alles Weckergeklingel und alle künstlichen Errungenschaften, die dem Leben einen anderen als den natürlichen Rhythmus aufzwingen. Hier, schienen sie zu verkünden, hier in Manila sind wir immer noch die Ersten und nie wird sich das ändern. Man konnte sogar einen christlichen Mahnruf aus ihrem durchdringenden Geschrei heraushören, wir Menschen sollten nur munter das Geschäft des Tages beginnen und nicht noch lange den Träumen nachhängen, um schließlich, wenn es wieder dunkelt, frühabends unbeschwert von Sünden und Lastern zu Bett zu gehen. Nicht zufällig hat schließlich der Schrei eines Hahns Petrus bitterlich weinen lassen, und auch Sokrates erinnerte sich an eine letzte Pflicht, als er mit dem Satz sein Leben beschloss: »Kriton, wir sind dem Asklepios noch einen Hahn schuldig; gebt ihn ihm, vergesst es nicht!« Und doch war es jämmerlich, dann unten auf der Straße, ein paar Stunden später, inmitten des Gewühls auf dem Gehsteig einen ausgemergelten, bräunlich-dreckigen Hahn an eine Laterne gebunden zu sehen. Einer seiner Füße war in Ketten gelegt, und weiter als eine halbe Armlänge konnte er sich nicht um sich selbst drehen. Mager und meist bloß halb so groß wie bei uns sind auf den Philippinen alle Tiere, die Ziegen, die Hunde, die Katzen, die Schweine.

Nur die Wasserbüffel scheinen von Not nichts zu wissen, doch alle anderen müssten staunen, könnten sie hierzulande unsere wohlgenährten Hausgenossen mit ihren glänzenden Fellen und behaglichen Behausungen sehen. Während die Leute auf den Straßen von Manila sich Taschentücher vor den Mund halten, um den schlimmsten Autogestank abzuwehren, strömen aus dem Auspuff der abertausend Tricycles, Jeepneys und Busse all diesem Kleingetier die Benzindämpfe den ganzen Tag über in die Lungen. Vom sprichwörtlichen Stolz des Gockels war bei diesem elenden Exemplar nichts mehr übrig geblieben. Sein Kamm hing labbrig herab, und auch für eine Mahlzeit schien er nicht mehr viel herzugeben. Vielleicht, so dachten wir, dient er ein paar Mittellosen, die bei den großen Wettkämpfen nicht mitsetzen können, als Kampfhahn, dem sie, wie es vorkommen soll, vor der Schlacht Rauch in die Augen blasen, damit er von Anfang an restlos durchdreht. Wenige Tage zuvor hatte uns bei einem Spaziergang am Strand ein Fischer erzählt, die riesige Ruine einer erst vor zehn Jahren erbauten Hotelanlage, die dort aufragte, verdanke sich der Spielsucht seines einstigen Besitzers, eines Deutschen, der bei Hahnenkämpfen sein gesamtes Vermögen verloren habe.

Huhn und Mensch, so unterrichtet mich dieser Tage die Zeitung, stammten beide vom gleichen Dinosaurier ab. Obwohl wir in den unruhigen Knopfaugen, dem nervösen Gegacker, den ruckartigen, aufgescheuchten, ständig unausgeglichenen Bewegungen dieses Federviehs nichts uns Ähnliches entdecken möchten, mögen die Filipinos gerade in der gnadenlosen Kampfgier der Hähne etwas uns Verwandtes erkennen. Wie nicht wenige katholische Völker sind auch sie in die Stellvertreterkriege der Tiere vernarrt, und wir wissen nicht, ob diese Abgeordneten – die Hähne bei den einen, die Stiere bei den andern – das Übel gleichsam zu unserer Entlastung auf sich nehmen oder ob sie es nur bestärken. An jenem Morgen, als die Hähne uns weckten, haben sie Manila für eine kurze Weile einen ländlichen Frieden zurückgegeben.

Friederike Kretzen

For the Birds

Eine Freundin schrieb mir, sie habe von mir geträumt. Ich hätte auf einer Wiese gestanden, und alle meine Teile seien um mich herumgeschwirrt, irgendwie abgegangen, nicht mehr zu mir gehörend. Jetzt mache sie sich Sorgen. Ich solle bloß aufpassen, schrieb sie, und ob ich wollte oder nicht, ich war auf der Stelle beunruhigt, und bis jetzt, am Abend, im Bahnhof, wo ich einen Freund erwarte, gehe ich noch immer alle möglichen Gefahren durch, die mir bevorstehen könnten. In der Deutungsarbeit der Auguren wurde grundlegend zwischen erbetenen und unerbetenen Zeichen unterschieden. Die Sorge meiner Freundin gehörte unbedingt zu den unerbetenen Zeichen. So, wie ja auch die Gefahren, denen wir ausgesetzt sind, selten die sozusagen erbetenen oder gefürchteten sind.

Der Lautsprecher über mir knackt, und eine Männerstimme sagt eine Zugverspätung von mehr als einer Stunde durch. Zeit also für die Katz. Die Bahnsteige sind so gut wie leer, ich kann den Abendhimmel sehen, die Sterne ziehen auf.

Hell leuchtet die Halle des Bahnhofsbuffets. Die geschwungenen Theken für Panini, Getränke, die Zentralkasse, sie gleichen den Inseln der vor der Tür sich ausbreitenden Lagunenlandschaft, und wie diese werden auch die Theken von einer spiegelnden Fläche umgeben, über die sich tagtäglich der Strom von Reisenden bewegt und seine Schatten ausbreitet.

Im Transitraum

Eine kleine Schar von Vögeln ist hier unterwegs. Sie schlittern über den Boden, ihre Krallen denkbar ungeeignet für den glatten Untergrund, sie fallen und purzeln, fangen sich wieder in diesem Meer voller Krümel und Essensreste. Sie schütteln ihre Federn, spreizen die Flügel, setzen, um einzutauchen, zum Flug an, aber der Boden ist weder Luft noch Wasser.

Die Stadt am Abend entvölkert sich schnell. In Kürze schließt auch das Bahnhofsbuffet, letzte säumige Reisende werden noch bedient, doch bald wird hier alles, gerade da, wo es steht, in Schlaf sinken. Zusammen mit den Spatzen, die jetzt noch eines der letzten Zeichen von Lebendigkeit sind; dass ich auf der Welt und wach bin. Nicht sie, ich werde, sobald ich eingeschlafen bin, abgeräumt, zur Seite gestellt bis morgen früh oder nächstes Jahr wieder.

In Momenten der Stille ist das trippelnde Kratzen ihrer Krallen zu hören. Wie kennen sich jene hier aus, die von den Bäumen, den Büschen, aus abgelegenen Ecken zwischen Fensterläden, Regenrinnen und Schuppen kommen? In diesem Transitraum am Abend, überfüllt von den Spuren der Reisenden. Wissen die Vögel, indem sie ihre Spuren auflesen, wohin deren Reise ging?

Auf einem der Stehtische liegt eine Souvenirmaske, mit langen, blauschwarz glänzenden Federn besetzt. Die Maske gehört einem Mädchen im roten Anorak, die Kapuze über den Kopf gezogen, unter der es wie aus einem Verlies herausschaut. Entschlossen wirft es einen kurzen verächtlichen Blick auf die Eltern, die neben ihm stehen. Während es geistesabwesend die Federn streichelt, jede einzeln. Ausziehende, feinfühlige Anfassungen. Die Hände des Mädchens studieren die Richtungen der Federn, deren Zusammensetzung, Haar für Haar sozusagen, spüren den Flug auf, zu dem sie einmal gehörten. Die Unzufriedenheit, wie es so anschaulich heißt, steht dem Mädchen ins Gesicht geschrieben. Wer schrieb sie dorthin? Ihre Hände gehen über die Federn andere Wege, himmelwärts.

Gegenüber dem Mädchen an der langen Theke, einem Brett gleich, ein dunkler, dünner Mann. Weniger steht er, als dass er unablässig auf der Stelle kippt. Die Jeans sind ihm zu weit, hängen von den Hüften. Er trägt eine Lederjacke, T-Shirt, hinter den Ohren übertreibt er mit je einer Zigarette. Das Bier auf der Theke ist sein Fixstern, an den er sich hält. Seine Augen sind noch durchsichtiger als die der Kellner hinter der Theke. Etwas setzt sich dann in ihm in Bewegung, wankt an die Kasse, kauft sich ein kreisrundes Wurstsandwich, das er fest in der Hand hält. Zugleich versucht er mit derselben Hand den Kopf festzuhalten, so dass das Brot weit über seinen Kopf hinausragt. Oder ist es ein Schädel nur noch, der schaut, wo das geblieben sein könnte, was er mal war, oder was ihm zuhören könnte, wäre er noch er und da? Wo ist jetzt das Brot hingekommen, er hat es doch gerade gekauft? Hält das Brot ihm den Kopf, was soll er essen? Das Brot ist über ihm aufgegangen und hört einem Land zu, einem Stück Kindheit, etwas, das einmal gewesen ist, aufwuchs, aufgezogen wurde an einer festen Stelle auf der Erde. Ein Ausgeflogener träumt hier mit durchsichtigem Blick, streunt im Himmel und hört sich zu aus einer Entfernung, einem Stück Wiese kommend und ist einmal ein Kind gewesen, ein Säugling, der konnte fliegen. Ob meine Freundin mich in ihrem Traum wohl so stehen gesehen hat wie ich ihn? War da Sizilien, gegenüber der afrikanischen Küste, von der im Frühjahr die Vögel aufbrechen, afrikanische Früchte im Bauch als Reiseproviant, den sie fliegend verdauen und im Flug ausscheiden? Fällt dort ein Samenkorn auf die Erde, schlägt es afrikanische Wurzeln, und auf der Wiese liegt eine Reisetasche, Jeans, Socken, ein paar Unterhosen, eine Seifendose, das Flugticket?

Als ich klein war, und es war Kirschenzeit, hängten die Erwachsenen den Kindern Kirschen über die Ohren, die schwer und kühl an unseren Köpfen schaukelten. Für die Erwachsenen schien das ein Spiel zu sein, sie freuten sich an unserem Aussehen, lachten uns an. Aber ich traute ihnen nicht, sie wirkten, wenn sie uns dann so ansahen, hungrig, und was wäre gewesen, wenn sie mit einem Mal nicht mehr hätten unterscheiden können, dass wir Kinder und nicht Bäume voller Kirschen waren?

Kirschenbehängt

Tizians Kirschenmadonna habe ich mir ähnlich wie uns Kinder mit den Kirschen an den Ohren vorgestellt. Sie hängt in Wien, und ihr Name ruft in mir auf, wie ich kirschenbehängt auf einer Wiese stehe, die Arme ausbreite, den Kopf stillhalte, und die Vögel kommen. Sie lassen sich auf mir nieder. Ich spüre ihre Krallen, die Schnäbel, sie picken und knabbern an meiner Ohrmuschel, am Kinn, an den Ellenbogen. Sie hacken, rupfen, reißen an mir, bis mir die Augen zufallen. Immer mehr Vögel würden kommen, stellte ich mir vor, und sie würden mich langsam aufpicken, bis nichts mehr von mir dastehen würde und ich mich mit ihnen in einem Schwarm erhöbe und davonflöge. Da wäre dann nur noch ein Aufrauschen gewesen.

Gleich werden die Barmänner, die die späte Schicht machen, hier aufräumen. Noch stehen sie da, die Arme vor der Brust verschränkt, sehen durch ihre Gäste hindurch: auch sie abgereist, doch ohne den Zug zu nehmen. Nur noch das Ohr an ihnen nimmt auf, der Getränkebon zerreißt im gleichen Atemzug, in dem das Gewünschte nach hinten gerufen wird, auf der Theke steht schon der Unterteller mit Löffel bereit für die Tasse, die sich gerade mit Kaffee füllt.

Sabine Scho

Das erste Tier

Das erste Tier, das kam, wann ich wollte, war ein Kamel, die Oberlippe gespalten.

»Trauerbuche Europa« titelte der Baum vor seinem Quartier.

Es rutschte auf den Vorderläufen langsam die Kuppe herab, wenn es mit den geteilten Lippen aus meiner Hand tastend die Eicheln fraß. Seltsame Früchte, die auf seinem Planeten nicht wuchsen.

»Es gibt nichts genau Definiertes, außer es wird exakt beschrieben: Um aber exakt zu beschreiben, muss man gesehen, nochmals gesehen und geprüft haben.«

Ich überwand bis auf Armlänge den Ring aus Beton, mit Bodendeckern bepflanzt, der uns trennte. Was anderen und mir aus der Hand glitt, sammelte sich in dem wasserlosen Graben dahinter, einem überflüssigen Vorratsraum, dem zweiten Kreis eines begrenzten Wandelsterns, den man nicht heizte. Jede Fotosafari begann hier, es stand zusammen mit den Postkartenständern, gleich hinter dem Tiergartenportal, Spalier. Ein langbeiniger Passgänger, am Anfang eines kalkulierten Parcours, auf dem sich ein Altweltpublikum zerstreute.

Mich freute, in seiner Umlaufbahn von Bedeutung zu sein, und ich verließ meinen zutraulichen Wiederkäuer nur unwillig, denn nach ihm war ich allen anderen Tieren im Park gleichgültig.

Die Wege waren mir geläufig, die Tierhäuser bekannt, allein ihre Bewohner würdigten mich keines Blicks. Womit ich sie auch lockte, sie ließen mich teilnahmslos stehn, einen Hausierer, dem man nicht einmal ein »Wir brauchen nichts« durch die verschlossene Tür zurief.

Gerne wäre ich einmal hereingebeten worden, doch hatten die Fassaden weder Tür noch Tor. Man empfing nicht. Einlass hatte nur ein beflissenes Personal über verborgene Dienstbotenwege.

Je tiefer ich in den tierischen Irrgarten drang, umso weiter entfernte ich mich von seiner Population. Ich kam nicht mehr so nah wie an meinen Schwielensohler heran, wurde bald fußmüde, hatte es über, nur immer zu schauen und kein einziges Mal angeblickt zu werden.

Mit einem Schautier auf Tuchfühlung gehen war ein fadenscheiniger Trost, doch musterte ich bei jedem Besuch die Gehege aufs Neue. Am Ende glich das ganze Gelände eher einer fahrlässigen Flickschusterei als einer ausgefeilten Anlage, wehrten die

Schutzwälle, die man den ernsten Exoten errichtet hatte, meinen arglosen Wunsch noch jedes Mal erfolgreich ab.

Angelika Overath

Seepferdchen

Es gab Tage, da hätte sie lieber Seepferdchenforscherin sein wollen. Sie saß dann vielleicht über Mittag auf einer der Bänke bei den Blumenrabatten im Geviert des Institutsgeländes. Reihen von silberdunklen Fensterrechtecken zogen über die grauen Fassaden der Hochhäuser als ein ebenmäßiges Muster. Scharf geschnitten und schattenlos lag der Rasen da. Die wächsernen Petunien glänzten frisch gezupft. Sie schaukelte dann vielleicht ein wenig mit den Beinen, so dass, freilich unbemerkt, ihre Fersen an den Parkbanksockel aus Waschbeton stießen. Es war heiß, und in der Luft lag der schwirrende Ton von Grillen.

Seepferdchen hingegen, dachte sie dann und sog ein wenig Luft ein, Seepferdchen waren Tiere der Tiefe. Sie sah hinüber zu den Anlagenwegen, auf denen sich die kommenden und gehenden Besucher verschoben wie Statisten.

Wenn sie eine Seepferdchenforscherin wäre, würde sie mit dem Boot aufbrechen. Sie steckte dann in einem schwarzen Neopren-Taucheranzug mit Signalstreifen. Am Rücken trüge sie ein gelbes Sauerstoffgerät. Hinter einer Taucherbrille lägen ihre Augen wie eingelassen in einen verglasten Gummirahmen. Fischartig würde sie durch die Algenwälder tauchen mit langen Flossen, deren leuchtende Linien an der Unterseite bei jeder Bewegung aufblitzten. Und wahrscheinlich, das wusste sie nicht so genau, hätte sie eine Unterwasserkamera. Eine so teure Unterwasserkamera hätte sie natürlich nur, wenn sie eine sehr gute Seepferdchenforscherin wäre. Aber warum sollte sie denn keine sehr gute Seepferdchenforscherin sein?

In den Weltmeeren gab es, das wusste sie, 35 Arten von Seepferdchen, davon allerdings lebten nur zwei im Mittelmeer. Und erst vor drei Jahren hatten Seepferdchenforscher ein neues Seepferdchen entdeckt. Es war das bisher kleinste Seepferdchen von nur 16 Millimetern Länge (die größten konnten gut über 30 Zentimeter wachsen). Wenn sie Seepferdchenforscherin wäre, könnte es also durchaus sein, dass auch sie einmal ein Seepferdchen entdeckte. Und wenn sie eines entdeckt hätte, dürfte sie ihm einen Namen geben. Das war so bei Entdeckern. Manchmal dachte sie darüber nach, welchen Namen sie dem Seepferdchen geben würde, das sie vielleicht einmal entdeckte.

Das Seepferdchen war, was leicht übersehen wurde, ein ganz besonderes Tier. Es war kein Pferdchen, auch wenn Seepferdchenforscher manchmal von Ponys sprachen. Ein Seepferdchen war ein Fisch. Ein Fisch mit einem Kopf, der an den Kopf eines Pferdes erinnerte. »Fallada«, dachte sie, »o Fallada, da du hangest«, und dann dachte sie, wie der Pferdekopf antwortete: »O du Jungfrau Königin, da du gangest, wenn das deine Mutter wüsste, das Herz tät' ihr zerspringen.« Ganz sacht begann sie mit dem Oberkörper zu schaukeln. Das Märchenbild des enthaupteten Pferdes Fallada, dessen sprechender Kopf über dem finsteren Tor der Stadt hing, fiel ihr immer ein, wenn sie an Pferde dachte. Die Mutter hatte ihr die Geschichte viele Male vorgelesen. Und vielleicht hatte sie wegen Fallada nie so recht eine Pferdeleidenschaft entwickelt wie ihre Freundinnen in jenen verwirrten Tagen.

Mit den Seepferdchen war es etwas anderes.

Sie fand, dass Seepferdchen lächelten. Auch jetzt, wenn sie auf der Bank saß und ihre Fersen, ohne dass sie es bemerkte (aber sie wusste es, sie wusste es schon), an den Betonsockel schlugen. Man konnte vielleicht nicht sagen, dass Seepferdchen lächelten, aber sie hatten ein freundliches Ansehen. Unterhalb des Seepferdchenkopfes kam schon der Seepferdchenbauch, und der ging in einer schönen Linie in einen Schwanz über. Mit gestreiften, transparent flimmernden Flossen am Rücken und Flossen am Bauch wedelten sie so im Wasser, dass sie schwebend schwammen. Dann drehten sie sich aufrecht in ihren Seepferdchenkreisen hinauf gegen das Licht oder hinunter in den dunkleren Schutz des Kelpwaldes. Oder zur Seite. Wollte ein Seepferdchen jedoch verweilen, legte es seinen Schwanz einfach um einen Algenstengel, zum Beispiel, und hielt sich fest. Und wogend wie eine Koralle, wie eine Seeanemone, hing dann das Seepferdchen, das kein Pferdchen war, aber ein Fisch, wie eine Blüte an einem leise fließenden Grün.

Seepferdchen waren schön. Es gab sie in allen Farben, und sie konnten wechselnd in allen Farben spielen. Gerne hätte sie alle Tage mit Seepferdchen gelebt. Aber das Seepferdchen war schlecht in Gefangenschaft zu halten. Hinter Glas änderte es sofort sein edles Paarungsverhalten. Denn das Seepferdchen war von Natur aus treu. Ein Seepferdchenmann und eine Seepferdchenfrau blieben ein Leben lang zusammen. Vielleicht wussten Seepferdchenforscher noch gar nicht ganz genau, wie lange so ein Seepferdchenleben in Freiheit war, aber fünf, sechs Jahre bestimmt. In den menschlichen Aquarien aber verwilderten sie. Hier paarten sie sich flüchtig und beliebig, als habe sie ihr Seepferdcheninstinkt verlassen. Auch ihre Farben blassten aus. Ihr Korallenrot, ihr Algengrün, ihre schwarzweißen Zebrastreifen, ihr Bernsteingelb, ihre Punkt- oder Fleckenmuster wurden unspezifisch und verloren sich.

So würde sie also, wenn es so weit wäre, nur als Seepferdchenforscherin mit der Anmut dieser Wesen leben können. Aber bestimmt hätte sie dann eine der hochempfindlichen Unterwasserkameras, und eine Lampe wäre an ihrer Stirn befestigt, so dass ihr auch in großen Tiefen Aufnahmen gelängen. Sie würde Bilder hinaufbringen von miteinander an den Schwanzspitzen untergehakten Seepferdchenpaaren, die zu zweit durch Anemonenwälder schwammen, und dann würde sie – natürlich vorsichtig, ohne zu stören –, geduckt in den Schwammgärten oder hinter den Jalousien der viele Meter hohen, breitlappigen Braunalgen, dabei sein, wenn sich auf einmal ein Seepferdchenweibchen zielsicher an sein Seepferdchenmännchen drängte und dann sehr schnell seine Eier in den geöffneten Brutbeutel des Seepferdchenmannes hineinlegte. Denn in seinem Bauch, der nun mächtig anschwoll, würden die Eier befruchtet werden, und hier würden die Kleinen, vom Vater gebrütet, heranwachsen zu winzigen Seepferdchen von perfekter Gestalt: mit zitternden Krönchen und den langen Rüsseln, den geschwungenen kleinen Bäuchen und den anfangs noch langgestreckten, zackigen Schwänzen, die erst die schon größeren Seepferdchen zu einer geschlossenen Schnecke rollen konnten. Und sie würde fotografieren, wie nach einigen Wochen ein erster kleiner Seepferdchenkopf sich aus dem Brutbeutel des Mannes herausstreckte und dann, gefolgt von vielen und nochmals vielen Seepferdchenbrüdern und -schwestern, ein ganzer junger Seepferdchenschwung ins Meer entlassen wurde. Und da so ein neugeborenes Seepferdchen, wie ein Menschenkind ja auch, vor allem aus zwei großen Augen besteht (die das Seepferdchen aber unabhängig voneinander in die verschiedenen Richtungen bewegen kann), war eine Wolke von frisch geschlüpften Seepferdchen submariner Sternenstaub, eine kleine blinkende und blitzende Galaxie.

Submariner Fingersauger

Sie sah auf die Uhr. Ein wenig Zeit hatte sie noch. Man hatte ihr deutlich gemacht, dass es einen Vertrauensbeweis darstellte, wenn sie nun wieder alleine die Mittagsstunde frei in der Anlage verbringen durfte. Ihre Fersen schlugen leise an den Beton. Ein Kind würde sie nun wohl nicht mehr haben, dachte sie dann. Und deshalb war es sehr schade, dass Seepferdchen das Aquarium nicht recht vertrugen. Denn sie hatte gelesen, Seepferdchen zeigten Zutraulichkeit. Seepferdchenaquaristen hatten beschrieben, dass, wenn sie an die Scheibe traten, so ein Seepferdchen gerne mit seinem Nahekommen antwortete. Steckte dann der Aquarist seine geöffnete Hand ins Wasser, so konnte es sein, dass sich das Seepferdchen mit dem Schwanz in einer Art Klammergriff an einen seiner Finger hängte. Und mit dem Rüssel suchend, würde es das gestreute Plankton fressen oder sich an einer gereichten Krabbe schmatzend festsaugen.

Sie stand auf. Es war sehr warm. Sie spürte die Feuchtigkeit auf ihrer Haut. Sie sah sich um. Wie verblasste Scherenschnitte zog sich das Band der Passanten weiter. Die nackten Einheitsfenster der Institute und Büros waren ins flimmernde Grau der Fassade übergegangen. Die Sonne hatte den Zenit überschritten, die Zeit der Schatten begann.

Einmal werde ich nachts hierher kommen, dachte sie und richtete sich auf. Und dann werde ich es sehen. In all den Fenstern, sie fuhr mit den Augen langsam die Fassaden ab, in all den Fenstern wird schwach das bläuliche Licht stehen. Und über all die Bildschirmschoner werden bunt und bunter und unaufhörlich die Fische ziehen und sich drehen, unaufhörlich die Fische in den Fluten aller Fenster in der See der Nacht.

Judith Kuckart

Hunde in LA
Zwei Postkarten aus Kalifornien

Erste Postkarte

Los Angeles, im November

Liebe A.,

Heute ist Thanksgiving. Seit dem Wochenanfang verstopfen Truthahn-Rezepte jedes Gespräch. Thanksgiving ist hier wichtiger als Weihnachten, denn Weihnachten ist nur ein Tag mehr im Pyjama. Gestern ist mein Zürcher Bekannter gekommen, mit seinem Hund, einem schmalen schwarzen Blitz aus dem Tierheim Wuppertal. Auf dem Weg vom Flughafen zur Feuchtwanger-Villa habe ich für ihn aufgezählt, wen ich alles kennen gelernt habe in den letzten drei Wochen. David Gere, den Bruder von Richard Gere. Peter Schnitzler, den Enkel von Arthur Schnitzler. Den Enkel von Marlene Dietrich, die Tochter von Toni Curtis und Christine Kaufmann und den Kameramann vom Film »The Patriot« in Begleitung des Hundes von Mel Gibson. Mein Zürcher Bekannter hat aus dem offenen Autofenster auf den Lincoln

Boulevard hinaus geraucht. Der Hund, an dem anderen geöffneten Fenster, musste niesen. Mein Zürcher Bekannter hat seinen Winterpullover ausgezogen und dann erst auf meine Knie gezeigt und gesagt: Schicke Hose. Er meinte meine Trainingshose, mit der ich zur Not auch zu Fuß gehen kann, ohne auf der Straße aufzufallen. Fußgänger müssen sich hier als Jogger tarnen. Am Nachmittag noch sind wir zu dem Hügel in der Stadt gefahren, wo die neun mythischen Buchstaben im Wald stehen. HOLLYWOOD. Mein Zürcher Bekannter hat sich mitten auf die Straße gestellt, die den Berg hinaufführt. Ich habe ein Foto von ihm gemacht. Das W. war genau über seinem Kopf, der Hund zwischen seinen Beinen. In der Gosse entlang der Straße hatte jemand in unregelmäßigen Abständen Eisschirmchen aufgespannt. Sie steckten jeweils in einem Hundescheißhaufen. Aber der schwarze Blitz von Hund aus Wuppertal ist an allen vorbeigelaufen.

Ich grüße Sie herzlich,

Ihre

J. K.

Zweite Postkarte

Los Angeles, 22. Dezember

Liebe A.,
Ich sitze am Flughafen und habe noch den Sand von der Wüste an den Schuhen. Ein Stück Gestern, das ich mitnehme nach Deutschland. Der Flieger hat Verspätung, und so kommt noch eine Karte. Gestern war ich bei dem Sohn von Arnold Schönberg und seiner Frau Barbara eingeladen. Sie wohnen gleich da, wo O. J. Simpson gewohnt hat, und die Touristen, die in die ruhige Straße mit Parkverbot kommen, kommen wegen Simpson, nicht wegen Schönberg. Dabei war eben dieser Schönberg-Sohn, Ronald, der Richter im ersten Prozess gegen Simpson. Er sprach den Angeklagten 1989 frei. Manche gaben dem Sohn von Arnold Schönberg die Schuld am Tod von Simpsons Frau. In Amerika sollen die Richter oft schuld sein. Ich habe bei Schönbergs selbstgemachte Sachertorte gegessen und auf Deutsch über schöne Frauen, Klimts schöne Frauen, Indianer, frühkindliche Beschädigungen, Vergessen und Deutschland gesprochen. Zuletzt haben wir Fotos gemacht, in Schönbergs ehemaligem Komponierzimmer. Auch der taube Schönberg-Hund ist mit drauf, dem die Vorderzähne wegen Bissigkeit gezogen wurden. Wenn ein fremder Hund kommt, sagt Ronald Schönberg, zeigt sich sein Hund immer noch drohend, aber stets im Profil.

Der Teil von Los Angeles, in dem ich gewohnt habe, heißt Pacific Palisades. Vor zwei Jahren ist Michelle Pfeiffer von dort weggezogen. Doch viele andere sind noch da. Versteckt hinter Mauern und Büschen, Bewegungsmeldern und Hunden. Aber ich habe noch keinen von ihnen gesehen. Manchmal denke ich, alle diese Hunde sind nur Stimmen von toten Hunden auf einem Tonband. Gleich geht mein Flugzeug. Ich werfe die Karte beim Kasten neben dem Indian Shop ein. Da spielen sie zum zweiten Mal, seitdem ich hier sitze, das gleiche Lied. Es ist ein Hund, der auf CD »Jingle Bells« bellt.

Herzlich,

Ihre

J. K.

Ilma Rakusa

Schwalben, Schneehasen usw.

> Man möchte jeden Menschen in
> seine Tiere auseinandernehmen ...
> *Elias Canetti*

Nie hatte ich im Sinn, mit einem Tier zusammenzuleben. Das Haustier ist meine Sache nicht. Aber was sich im Garten tut, beobachte ich gern: die verschiedenartigen Vögel, die singen, zetern, klopfen, hüpfen und herumschwirren, die streunenden Katzen, die es auf eben diese Vögel abgesehen haben (o grausame Natur), die nächtlichen Füchse, die mit schriller Stimme das Grundstück queren, den Hund meiner Nachbarn, der aus Anhänglichkeit seine Runden dreht. Jeder Blick durchs Fenster zeigt mir Tiere: Amseln, die sich temperamentvoll die letzten Trauben vom Stengel picken, zierliche Meisen, die wie hochgeschnellte Bällchen in den Büschen verschwinden, Buntspechte, die mit ihrem Schnabel in den Stamm der Birke hacken, blauschwarze Krähen, die für lauten Tumult sorgen, kecke Eichhörnchen, die die unglaublichsten Sprünge vollführen, Rotkehlchen, die plötzlich auf dem Sims landen und neugierig ins Zimmer äugen. Die Vögel haben es mir besonders angetan, ihr luftiges Wesen hat etwas Traumwandlerisches, und aus ihren hellen Zurufen mache ich mir meinen eigenen Reim.

Im Schlaf suchen mich andere Tiere heim. Kolossal muskulöse Hunde, die es mit größter Kraftanstrengung zu zähmen gilt. Erfolg der Aktion: Während ich ihren Hals umarme, fahren sie mir mit ihrer langen Zunge zärtlich übers Gesicht. Und der Traum entlässt mich angstfrei in den Morgen. Ein Symbollexikon brauche ich nicht zu konsultieren. Denn es gab einmal einen (realen) Wolfshund, der mich bis auf den Tod erschreckt hat, mit ihm muss ich mich immer aufs Neue versöhnen. Und so lasse ich das Tier durch meine Träume jagen, durch meine Gedichte auch. »Die Farne lappen in den Fluss / der trüb durch Böhmen fließt / das Mückengift verstört / die Hunde mit den langen Zungen / hecheln durch das Gras / ein Wanderer liegt / und aus den Schloten / der Papierfabrik / steigt schnelles Gas.« Hier ist sie, die bedrohlich-unheimliche Urszene. Das Trauma arbeitet sich selbst in Traum und Text hinein, bis es sich, so bleibt zu hoffen, aufgelöst haben wird.

Wenn Eidechsen und Schlangen meine Träume bevölkern, hole ich mir chinesische, indianische, altägyptische und andere Deutungen, die sich oft wunderbar widersprechen und meine Neugier foppen. Ich bin nicht klüger als zuvor, stelle nur fest, dass die Eidechse aufs Papier will. »Huscht eine Eidechse übers Balkongeländer, fünf Stäbe, das steht fast fest, fünf Linien mit hellem Schattengitter ...« In dem Prosagedicht, das die Entstehung einer Zeichnung zu beschreiben versucht, wird das flinke Tier zum Double der Hand, zum flüchtigen Impulsgeber: »Jede Linie der Ausfluss der vorangegangenen, bis hin zum Beginn. Den Beginn macht die Eidechse, wollte sagen der Moment ihres Verschwindens, die erinnerte Eidechse ...« So ephemer das Tier erscheinen mag, es gibt der Abstraktion des Textes einen Hauch von Kreatürlichkeit, ja Archaik. Und diese Archaik ist es wohl, die Tiere zum Basisrepertoire des Unbewussten macht, zu unumgänglichen Figuren menschlicher Phantasie und Kreativität.

Immer gegenwärtig sind mir dagegen zwei Tiere, die in ihrer völligen Verschiedenheit gleichsam Glückstopoi für mich darstellen und mein Denken und Schreiben fruchtbar frequentieren: die Schwalbe und der Schneehase. Die schnellen, von hellen Schreien begleiteten Kreise der Schwalben an einem warmen Sommerabend vermitteln ein jauchzendes Freiheitsgefühl: kaskadenartiger Flug, der schiere Schwerelosigkeit suggeriert und eine Dauerahnung von Süden. – Der scheue Schneehase, *lepus timidus,* ist in kalten Gegenden zu Hause, in arktischen und gemäßigten Regionen Eurasiens und Nordamerikas, in Laubwäldern und »auf den blauen Weiden des Schnees« (Ernst Meister). Ich kenne ihn nur von Abbildungen, liebe aber das Weiß seines Winterfells, die stets schwarzen Ohrenspitzen und seine unbedingte Diskretion, ja Heimlichkeit. Ein Verwandlungskünstler: Tauscht er doch die braune Sommerfarbe in den Frostmonaten gegen das helle Polarweiß ein. – Übrigens lösen beide Tiere ein eigentümliches Fernweh in mir aus. Sie stehen für etwas Ungreifbares, Unfassliches, sie sind Sehnsuchtsträger. »Mit der Geschwindigkeit eines Schneehasen hat sie das Tor der vierzig passiert. Sie weiß nicht, wo der Rückblick, wo der Ausblick beginnt, die Blicke sind eingekeilt. Der Gesichtskreis reicht bis zum Wald, die Erwartung bis zum Polarkreis, dazwischen muss das Leben sein, die vielbeschworene Fülle«, heißt es in meiner Erzählung »Voran«. Und in einem Liebesgedicht: »Ich sehe dein helles Gebiss über Alaska / die Hände im Fischschoß die Angel / am Knie und unsern Schneehasen / als Kurier so rasend weiß.«

Hallo, Schneehase, kann ich nur immer wieder rufen, während die Schwalben mit ihren spitzen Schreien meine Träume löchern. Sie sind meine In-Tiere, so verinnerlicht wie favorisiert, himmels- und erdnah, eroberungsfreudig und schüchtern-intim, zwei Sinnbilder meiner eigenen Gegensätze. Aus denen nie eine Schneeschwalbe wird.

Silke Scheuermann

Wolf

I

Der Wolf hat es wieder geschafft
Er verwandelte sich
in eine Person

Es geschah
zwischen zwei pelzigen Schritten
im Grün
zwischen
zwei kleinen Knurrlauten
direkt vor dem Kaninchen
links im Bild

Er verwandelte sich elegant
Den Rücken durchgestreckt
wurde er leicht wie ein Junge
tanzte sich so durch den Schmerz
auf die neue Form zu

Natürlich änderte sich seine Fußspur Siehst du
wie er spazieren geht und den Tauben das Brot
hinstreut?

Gestern war Vollmond –

II

Schon nachmittags sah man ihn auf der Bank
murmelnd
das Buch der Verwandlung durchblättern

Sieh mal ein Hund mit einem Buch
sagte ein anderer Junge und die Mutter
zog ihn fort Ja
es war gruslig

Diesmal wollte der Wolf
älter sein

Zeitlich eng beieinander
verwandelt er sich in Alte und Junge

in Gute und Heilige
gern auch mal in ein Opfer
er liebt
Abwechslung

Sieh ihn dir an
mit den schwarzen Wimpern der
Mannequins blinzelt er

in den harten
Gliedern der Sterbenden
stirbt er

wissend
bald wird der Wald
ihn wieder haben
und er wird noch mehr Wolf sein
Dann kann er das Rudel belehren
wie es ist Mensch zu sein

den Tod zu sehen im Sonnenuntergang
den Fettrand am Fleisch abzuschneiden
während die Nacht mit mageren

Händen dein Herz massiert Sie atmen sagt er
regelmäßig und in geschlossenen Zimmern Die
Personen
sagt Wolf sind nachts sehr sicher

Neuerdings zeigt er bei der Verwandlung
menschliche Züge
singt z. B. leise

während er seine Form ändert
Er sagt es sei Dankbarkeit
weil es nicht weh tät'

und manchmal stimmt irgendein Alter auf einer
Parkbank mit ein
Das Duett ist in Alpträumen hörbar –

III

Kümmere dich
nicht um die Wölfe in welcher
Gestalt auch immer

sei freundlich
geh weiter
unverdrossen in Parks
und lächle den Alten an der sabbernd
von seinem Bänkchen her fragt
glaubst du das Rudel vermisst mich?

Andrea Köhler

Die Lieblinge des Schlafes

Wir lieben und fürchten an jedem Tier seine Besonderheit, seine Grazie, Treue, Triebhaftigkeit und Aggression, kurz: jene hervorstechenden und am Menschen Maß nehmenden Eigenschaften, unter denen wir die Fauna gern rubrizieren. Die meisten Merkmale, die wir an den Tieren bewundern, sind die, die sie uns voraushaben – die Schärfe der Sinne, der unfehlbare Instinkt, Schnelligkeit, Kraft und die uns nur in Träumen mögliche Kunst zu fliegen. Für all diese Defizite haben wir technische Hilfskonstruktionen erfunden. Doch gibt es eine animalische Möglichkeit, die wir niemals einholen können: die Gabe, sieben Monate lang zu schlafen.

Der Siebenschläfer ist das Tier, das den Wunsch, wenn es kalt und unwirtlich wird, einfach die Welt ausblenden zu können, im Erbgut gespeichert hat. Er legt sich Anfang Oktober hin und wacht im April wieder auf. Als Kind beneidete ich diese erstaunlichen Wesen für ihre Befähigung, die unbarmherzigste Zeit des Jahres kurzum zu suspendieren. Dabei habe ich nie geglaubt, dass die Siebenschläfer auch wirklich schlafen. Sie lebten, mit offenen Augen von wärmeren Gegenden träumend, in einer von Sonnengöttern gestundeten Zeit. Und kein Dunkel bedrohte sie. Ihr wachsamer Bruder, das Eichhörnchen, schien mir gleichsam ihr Abgesandter zu sein, ein Bote aus den Regionen der endlosen Pause, der die Traumhöhle manchmal verließ. Seine Spuren im Schnee zeugten von der Tapferkeit dieser zierlichen Spezies, die es mit der Kälte und Einsamkeit so graziös und heroisch aufnahm (vermutlich hatte Walt Disney an dieser sentimentalen Idee seinen Anteil). Zugleich war das Eichhörnchen privilegiert vor allen anderen Tieren des Waldes, denn es hatte eine Schatzkammer angelegt und war so einen ganzen Winter lang von jeder Verpflichtung entbunden.

Im Schlaraffenland

Nur der Schlaf schafft wirklich Freiheit von allem Faktischen – auch wenn er andere Wirklichkeiten einklagt. Wenn wir schlafen, fällt die Welt um uns herum in eine tiefe Abwesenheit, und nicht sicher ist, ob die Welt mit uns einschläft oder wir mit ihr. So ist der Schlaf das Refugium, in dem die Hoffnung auf ein Entkommen allnächtlich neu auf die Probe gestellt wird. Im Winterschlaf wird dieses Refugium zur unangefochtenen Institution.

Wahrscheinlich jedoch war es noch etwas anderes, was dem Kind die Virtuosen des Schlafs so beneidenswert machte: Sie waren gänzlich autark. Fabelhaft erschien mir die Fähigkeit, die Temperatur des Körpers den Umständen anverwandeln zu können und somit niemals zu frieren. Auch waren die Siebenschläfer von jeglichen bösen Folgen der Faulheit – zu der das lustvolle Essen einmal unabdingbar gehörte – befreit. Sie futterten sich hemmungslos durch den Sommer und waren beim Aufwachen wieder dünn. Ihr Schlaraffenland kam ohne die protestantische Moral von allen Geschichten aus und war auch deshalb umso begehrenswerter, als die Tiere (anders als die vielen Geschwister) einander nichts streitig machten: Siebenschläfer haben die Macht aus ihrem Dasein verbannt; sie leben ohne Hegemonialansprüche und Hierarchien.

Es ist darum auch nicht weiter erstaunlich, dass der Siebenschläfer zu jenem poetischen Schlage gehört, der die Welt auf den Kopf stellen und den Tag zur Nacht machen kann. Wie die Katzen und Eulen – die seine natürlichen Feinde sind – vermag er im Dunkeln zu sehen; wie die Baumspechte, deren lautes Klopfen er nachts auf dem Dachboden imitiert, kann er kopfüber Bäume erklettern. Will er uns seine verkehrte Welt aufzwingen? Jedenfalls tobt er im Dunkeln gern auf den Dächern herum und weckt die Menschen aus ihren Träumen. Wir haben ihn dafür unter Naturschutz gestellt und als Wetterfrosch engagiert. Seine Taufpaten aber kommen aus der Religion.

Begünstigte Tiere

Der Siebenschläfer hat seinen Namen von einer frühchristlichen Legende. Danach wurden sieben christliche Schäfer auf Befehl des römischen Kaisers Decius im 3. Jahrhundert in einer Höhle bei Ephesus eingemauert, weil sie den heidnischen Göttern des Kaisers ihre Gefolgschaft versagten. Die Jünglinge baten Gott um einen gesegneten Schlaf, und als sie 200 Jahre später wieder erwachten, da war die Stadt christlich geworden. Sie starben, nachdem sie das Wunder der Auferstehung vor aller Welt bezeugt hatten, und ihre Seele kam in den Himmel. Goethe hat den sieben »Lieblingen des Schlafes« im Westöstlichen Diwan einen achten hinzugesellt: den Hund, der, mit in die Höhle gesperrt, »den Siebenschlaf / treulich mitgeschlafen«. Weshalb der Dichter das Hündlein jenen »begünstigten Tieren« zuschlug, denen »verheißen war / Ins Paradies zu kommen«. Die Höhle von Ephesus aber ist heute für Christen und für Muslime eine heilige Stätte, denn die Legende der wundersamen Auferstehung findet sich ähnlich auch in der 18. Sure des Korans. So hat das Tier mit dem siebenfältigen Schlaf verschiedene Götter und wandert in ungezählten Gestalten durch unsere Literatur.

Natürlich ist der Siebenschläfer auch ein nicht allzu ferner Verwandter der schlafenden Schönheiten aus unseren Märchen, die erst ein Prinz – die Liebe – aus ihrem Schlummer hinter den sieben Bergen der Zeit wieder aufwecken kann. Es ist diese zwischen Furcht und Hoffen, Bewährung und Rettung seltsam schillernde Mär vom Stillhalteabkommen mit der Zeit, von der die Geschichten des Winterschlafs erzählen. Denn stets wohnt dem Traum von der beschützten Absenz auch die Bedrohung inne, womöglich nie mehr aufzuwachen. Auch Hebels Kalendergeschichte vom Bergmann in Falun, der, bei einem Grubenunglück in Eisenvitriol konserviert, nach vielen Jahren frisch wie der junge Morgen zutage gefördert wird, ist dem kollektiven Phantasma der Auferstehung geschuldet: dass etwas bewahrt werden könnte, ohne Schaden zu nehmen am reißenden Zahn der Zeit.

Der Siebenschläfer steht also in losem Verbund mit den Toten, und als Todesboten hat ihn der Maler Jan Peter Tripp gemalt. Dazu, schreibt sein Freund W. G. Sebald in einem Essay über die Bilder Jan Peter Tripps, musste der Maler über die Grenze. Auf dem Weg nach der anderen Seite war der Baumschläfer, der eines Morgens vor der Haustüre lag. Und »obzwar gesagt wird, dass man die Toten geschwind malen soll, hat Tripp, umweht vom Chloroformgeruch der Verwesung, sieben Tage an das Bild gewendet, in dem die stumme Botschaft dieses unverhofften Gastes festgehalten ist. Am siebten Tag gab es in dem leblosen Körper noch einmal einen kleinen Ruck, und ein stecknadelgroßer Tropfen Blut trat aus der Nüster hervor. Das war das wirkliche Ende. Eingebettet ins Nichts, ohne Unterlage und ohne Hintergrund, schwebt das Tier jetzt mit seinen aufgestellten Fledermausohren durch die dünne Luft. Der schwarze Fellfleck ums Auge wirkt wie eine Trauerbinde oder wie die Schlafbrille eines Flugzeugpassagiers auf einer Sommernachtsreise über den Nordpol.«

Schwellenkunde

Solche eisigen Sommernachtsflüge über die Territorien des Schlafes sind häufig in Sebalds Büchern, und der Siebenschläfer hat darin seinen festen Platz. »Des Sieben / Schläfers Schatten / ist / der Tod« lautet eines der Kurzpoeme, die zu Sebalds Vermächtnis geworden sind. Natürlich wissen wir nicht, ob Tripp den Baumschläfer wirklich in den sieben Tagen der Schöpfungsgeschichte gemalt hat. Das ist aber auch nicht wichtig. Entscheidend ist, wie die Tiere in unseren Bildern und Büchern wohnen. Nicht nur in der Erdgeschichte, auch in unseren Erzählungen sind sie vor uns da: die Geschöpfe des Wassers, die geflügelten Wesen, die Tiere der Flur. Und vielleicht ist der Schlaf das Einzige, was wir wirklich mit ihnen teilen.

Am siebten Tage sollen wir ruhen. Dass wir wieder erwachen, ist die stumme Botschaft des kleinen Nagers, der von Gegenden weiß, von denen wir allenfalls träumen können. Die Höhlen des Schlafs sind die Stätte der Begegnung mit unseren Geistern, und wenn sie sich im Refugium des Traums unter die Lebenden mischen – den Gesichtszug von diesem, eine Geste von jenem (oder auch von uns selbst) annehmen, wie auf den alten doppelt belichteten Fotografien –, schleicht uns am Morgen noch stundenlang das Gefühl hinterher, wir seien eigentlich in der anderen Welt zu Hause. Der Schlaf ist der Zustand, der uns mit dieser verbindet, und der Siebenschläfer das Tier, das die Schwelle zu ihr bewohnt. Shakespeare hat es am schönsten gesagt: »We are such stuff as dreams are made on and our little life is rounded with a sleep.«

Rolf Vollmann

Lieblingstiere

Lieblingstiere, schön weit oben, Gänse, wenn sie in Mengen ziehen, wer weiß woher, und oben über alles weg nun weiterfliegen, mit rauschenden Flügeln wahrscheinlich, wer weiß wohin, und nichts von mir wollen, ein Schwarm Götter

Über die Autoren

Göritz, Matthias wurde 1969 in Hamburg geboren. Er lebt in Frankfurt am Main. Er hat Philosophie und Literaturwissenschaft studiert. 2001 debütierte er mit dem Gedichtband »Loops«, 2005 erschien der Roman *Der kurze Traum des Jakob Voss*, 2006 folgte der Gedichtband *Pools*.

Gumbrecht, Hans Ulrich wurde 1948 in Würzburg geboren. Seit 1989 lehrt er als Professor für Komparatistik an der Universität Stanford. Neben wissenschaftlichen Veröffentlichungen und 1990 einer zweibändigen *Geschichte der spanischen Literatur* hat er auch Essays geschrieben, unter anderem 2005 *Lob des Sports*.

Hettche, Thomas, 1964 in Treis geboren, lebt in Berlin. Neben seinen literarischen Büchern hat er immer auch Essays veröffentlicht. 2006 erschien sein Roman *Woraus wir gemacht sind*.

Hummelt, Norbert, 1962 in Neuss geboren, lebt in Berlin. Er hat Germanistik und Anglistik studiert. Neben der eigenen schriftstellerischen Tätigkeit hat er übersetzt und einige

Gedichtanthologien herausgegeben. Von ihm sind bisher sechs Lyrikbände erschienen, zuletzt 2007 *Totentanz*.

Krass, Stephan, 1951 geboren, lebt in Freiburg und New York. Er arbeitet als Literaturredakteur beim SWR in Baden-Baden. Zahlreiche Anagramm-Installationen auf Kinoleuchtkästen und als Wandbeschriftung in Museen, Theatern und Literaturhäusern. Er hat einige Lyrikbände veröffentlicht, zuletzt 2008 *Poetischer Doppelpass: Ein Spiel mit Buchstaben und Bällen*.

Kretzen, Friederike, 1956 in Leverkusen geboren, lebt in Basel und Venedig. Neben ihrer schriftstellerischen Tätigkeit arbeitet sie als Dozentin am Schweizer Literaturinstitut in Biel und leitet die Schreibarbeit an der EZH Zürich. Ihr Werk umfasst Romane, Theaterstücke und Hörspiele. Zuletzt erschien 2007 der Roman *Weißes Album*.

Kronauer, Brigitte, 1940 in Essen geboren, lebt in Hamburg. Für ihr Werk erhielt sie unter anderem 2005 den Georg-Büchner-Preis. Sie hat Gedichte, Erzählungen, Romane und Essays veröffentlicht, zuletzt erschien 2007 *Errötende Mörder*.

Kuckart, Judith, 1959 in Schwelm/Westfalen geboren, lebt in Zürich und Berlin. Sie arbeitet als Schriftstellerin und Regisseurin. 2006 erschien ihr fünfter Roman *Kaiserstraße*, und 2008 wird der Roman *Die Verdächtige* veröffentlicht.

Ott, Karl-Heinz, 1957 in Ehingen an der Donau geboren, lebt in Freiburg im Breisgau. Er hat Philosophie, Germanistik und Musikwissenschaft studiert und arbeitete als Dramaturg. Für seine bisherigen Romane wurde er unter anderem mit dem Candide-Preis und Alemannischen Literaturpreis ausgezeichnet. Sein dritter Roman *Ob wir wollen oder nicht* erschien 2008.

Overath, Angelika, 1957 in Karlsruhe geboren, lebt in Sent in der Schweiz. Sie schreibt Porträts, Reportagen und Essays. 2005 erschien *Nahe Tage. Roman in einer Nacht*. 2006 erhielt sie den Ernst-Willner-Preis.

Rakusa, Ilma, 1946 in Rimavská Sobota in der Slowakei geboren, lebt in Zürich. Sie arbeitet als Übersetzerin und Publizistin. Ihr Werk umfasst Essays, Erzählungen und Gedichte. Neben bedeutenden Übersetzerpreisen erhielt sie unter anderem 2003 den Adelbert-von-Chamisso-Preis.

Scheuermann, Silke wurde 1973 in Karlsruhe geboren. Sie lebt in Frankfurt am Main. Sie hat Theater- und Literaturwissenschaft in Frankfurt, Leipzig und Paris studiert. Für ihre Lyrik wurde ihr unter anderem der Leonce-und-Lena-Preis zuerkannt. 2007 erschienen der erste Roman *Die Stunde zwischen Hund und Wolf* und der dritte Gedichtband *Über Nacht ist es Winter*.

Scho, Sabine, 1970 in Ochtrup in Nordrhein-Westfalen geboren, lebt in São Paulo und Berlin. Sie hat Germanistik und Philosophie studiert. 2008 wurde ihr Gedichtband *Album* bei Kookbooks neu aufgelegt, für den sie 2001 den Leonce-und-Lena-Preis erhielt.

Treichel, Hans-Ulrich, 1952 in Versmold in Westfalen geboren, hat Germanistik, Philosophie und Politologie studiert und lebt in Berlin und Leipzig, wo er am Literaturinstitut lehrt. Zuletzt erschien 2007 der Gedichtband *Südraum Leipzig*.

Vollmann, Rolf, 1934 in Treptow an der Rega geboren, lebt in Tübingen und ist Autor und Literaturkritiker. Sein bekanntestes Werk ist der 1997 erschienene Romanführer *Die wunderbaren Falschmünzer*.

Walser, Martin, 1927 in Wasserburg geboren, lebt in Überlingen am Bodensee. Für sein literarisches Werk erhielt er zahlreiche Auszeichnungen, darunter 1982 den Georg-Büchner-Preis. Zuletzt erschien 2008 sein Roman *Ein liebender Mann*.

Walser, Theresia wurde 1967 in Friedrichshafen geboren und lebt in Freiburg im Breisgau. Sie hat an der Hochschule für Musik und Theater in Bern eine Schauspielausbildung absolviert. Sie schreibt Theaterstücke. Mehrere Auszeichnungen, unter anderem die Fördergabe des Schillergedächtnispreises. Zuletzt wurde ihr Stück *Morgen in Katar* in Kassel uraufgeführt.

Weber, Anne, 1964 in Offenbach geboren, lebt in Paris und hat an der Sorbonne französische Literatur und Komparatistik studiert. Neben ihrer schriftstellerischen Tätigkeit arbeitet sie als literarische Übersetzerin. 2004 erhielt sie den Heimito-von-Doderer-Literaturpreis. Zuletzt erschien 2005 *Gold im Mund*.

Text- und Bildnachweise

Alle Texte wurden ab Januar 2005 in der *Neuen Zürcher Zeitung* zum ersten Mal veröffentlicht. »Manchmal, nicht oft, plötzlich« von Thomas Hettche ist ein Ausschnitt aus seinem Roman *Woraus wir gemacht sind*, der später im selben Jahr in Köln erschien.